舒國治作品

流浪集

也及走路、喝茶與睡覺

舒國治 著

目次

遠走高飛

電影中常有的一種故事。搶劫者準備再做最後一件案子，成事後所得財富可供下半輩子的衣食無愁，從此洗手，重新做人。

當然，他從來沒有得逞。電影故事總是如此。如若成功，他要帶著錢財，遠走高飛，在異地一陽光燦艷的海邊小城安度餘生。

我幼時看著這樣電影，心想：藍天大海，整日價游泳曬太陽，遊艇上喝喝酒，他千方百計搶奪來的餘生竟就只是如此嗎？接下來呢？

幼年的問題至今仍然沒獲解答。

電影皆多著墨於前段的搶案，而少著墨得錢後之生活，何也？或謂前段做案之過程（勘察銀行，集結高手，推演路徑，蒙面潛入，避開電眼，鑽壁破鎖，取錢裝袋，車船接駁，分頭逃逸，剷除同夥……等）方屬刺激緊張劇情重點，得手（或失手）後之餘生便平淡不值一敘者。此說似有道理，實則看來編導亦不知如何編構後段。乃無人過得如此生活也。

何以是陽光普照海灘小鎮？乃歐美電影主人翁恆居北溫帶，心中天堂不免遠遠寄於藍天大海。

人若是生得如亞蘭．德倫那般英俊，乍然遠走高飛，去到了與他原本生活全然不同的異地，譬如說，泰國的小島上，試想當地的人時時見著這個或這對揮霍無度、日日飲樂、一擲千金的外地人，心中不知作何想。

單單受當地人日復一日盯著他看，即使只是善意，或也有一些不自在吧。某一午後在酒吧，恰好此地警長也站在吧檯旁，隨口一句「嗨，喜歡我們這小島嗎？」德倫想必電光石火的在心裏已轉過幾十種待會兒應對的可能句子，以設法不讓警長逕往核心去打探。甚至三五句對話之後最好能順水推舟的脫身。

通常這種事發生過一次後，我們的主人翁已然籌畫下一個居停地了。

往往電影中的下個畫面，是他的住所外面；他走出來，上了車，開走。自然，有一輛車跟著他。此時沒跟蹤他的另幾個探員，開門進他的房子，翻東翻西，搜這搜那。只見他家中物件甚少（此種編劇思維，甚是洞悉人性也），像是只住一兩天似的（雖他已來此數月）。搜著搜著，或許搜到了幾本不同國家的護照（這一安排不很理想），或許找到了一個火柴盒（上面印有歐洲某一小鎮餐館的地址），或是乾洗、燙過的衣服上的貼條有某個城市旅館的名字，而這使得探長立刻打電話與該地警局聯絡，問「你們前幾個月有沒有發生重大的劫案？」

這是異地的難處。

再說海灘小村豈是江洋大盜或有過人能耐者待得住的？最終仍要回到城市裏，寂寞難驅也。而到了城市，狗改不了吃屎，終仍要進進酒吧、打打撞球、賽賽馬、賭賭輪盤，最後弄到又涉入黑暗拚鬥之局。

又前面一直說的海邊小鎮，究竟在哪裏？是法屬里維耶拉（French Riviera）抑是希臘眾小島？不重要。重要的是遠方，是異鄉，是沒有熟人沒有過去沒有記憶。

電影是這麼想的。

電影如此愛拍「遠走高飛」題材，只是他們的遠，永遠是一些不怎麼荒僻、也不怎麼難抵之地（甚至一兩個鏡頭就轉到了那場景）。這顯示編導們無意去探索那「眞正的遙遠」「眞正的荒僻」之予我們主人翁所得以千里迢迢逃去後之安心。這也說明了，導演其實不在乎主角會不會被找到。

然則不是我們每個人皆曾自問過「如果我必須去一個全世界都找不到我的地方，那是哪裏」嗎？就像小孩玩躲迷藏會想：「我一定要有一次，讓他們說什麼也找不到。」

「如果」太遠了，「找不到的地方」是未來，編導不忙著去究；他愛究的，是主人翁的過去。

這毋寧是極其微妙的現象。須知編導多是文藝人，總習於探索人性之內在，總偏於窺索世人之昔日經歷；對於眞正已在絕境荒途的亡命者其心中亟亟所想之事，慣坐書房的編導不大懂得揣測。

而主人翁呢，他卻是要拋棄過去。然普天之下幾人能夠？須知過去往往一輩子跟著人。豈不聞白光的老歌：「才逃出了黑暗，黑暗又緊緊的跟著你」（〈今夕何夕〉）。

許多人不願待停異地，乃受限於對自小熟悉之人事風土之離不開也；譬似太多華人不堪住在買不到醬油之地，或甚至才旅行沒幾天便吵著要吃米飯。

然「熟悉」之羈鎖於人，亦多有令人受不了者。有人隻身逃債離赴異國，部分原因是一併逃開日夕相處的老婆與素常的生態起居。雖云逃債，實舉一役而畢諸事也。

遠走高飛，在於離去。黑道搶匪之離去，乃不得不爾。乍然獲得財富者，如中彩票，如股票暴漲，如遺產突然降身等，則可以不離去，依舊居停原地，乃他沒有「遠走高飛」之迫，卻也因此便沒有電影中遠走高飛之刺激興奮也。

何以遠走高飛皆須伴隨著財富（甚至是不法或不義之財）？難道不能有那沒錢的、窮光蛋的、十分節省的遠走高飛嗎？

須知遠走高飛者，那些會知道他擁巨財或有人知悉他底細的地方，他不能待，故他遠走他鄉。及於此，那我們窮光蛋，何不假想我們眼下所居城市其實是我們自遠方家鄉偷偷攜帶不義巨款所迢迢投奔而至之異鄉？及於此，則我們每日價窮兮兮的晃時蕩日，何妨假想其實我們身懷巨款卻又爲了不事招搖以求避禍而特意僞裝出來的。

如今，人有個三億五億的，也好有一些，若他們這當下便決定「洗手」，視此三億五億爲「最後一件案子」之所得，從此遠走高飛，其實何曾不可以？

絕對可以。還是那句老話：人擁巨款不是問題，去哪裏才是問題，過何種日子才是問題。

遠走高飛，又意味著不停留一地。否則太像是移民。倒會捲款遁逃異地者，往往是習於安居者，他們只能是移民，而不太能是流浪，乃他們原先的生態太是循依常規。他們即使觀光到上海或溫哥華或紐西蘭，常問：「這裏房子一平米多少？」

看來能遠走高飛，亦關乎人的氣質。我也嘗想過它一過這遠走高飛的日子，哪怕是幾星期也好，便爲了這四字之美，這四字之逍遙快意；既沒能身懷巨款，也不曾倒會逃債；八十年代初去到美國，在無休無盡公路上踟躕，此來彼往，越奔越遠，竟一晃晃了七年。若問是否逍遙快意、是否有遠走高飛之感，唉，卻是說不上來。只知旅程頗寂寂而胸中頗空曠也。

近兩年在大陸遊山玩水，發現倘不催促時辰，樂意一個鎮接一個鎮的停停玩玩，竟可以像武俠小說中所寫的飄灑自在；譬似這一日到了某鎮，隨見一家飯館，便「上得樓來，揀了一副清幽的座頭，喚店小二點了酒菜，自斟自酌……」，樓欄之下，一片湖光山色，如此好景，真捨不得一人獨擁；顧盼左右，然總是見不著一個像自己這樣的來自外地、已頗有一段歲月、臉上已顯旅途寂寞的遠方人。

這麼的遊下去，今天在杭州，過幾天又到了宣城，下個月可能到了太原；每天吃飯住店，不過幾百塊錢人民幣。一年下來，亦不過一、二十萬。三十年，也不過幾百萬。這樣的算盤如何不能打？

也難怪武俠小說中人物從來不問飯錢酒錢。

大陸不知算不算得上一處尙佳的遠走高飛之地。

荒僻山村之民，他們原就在遠方，便像是從來不思遠方。陝北之類地方，人站在那兒坐在那兒，純只是站坐，甚難見出他們是在遠思，噫，令人羨戀。我之會思這遠走高飛題目，乃我是生於長於城市俗民，自幼便在人與人近距離中求縫隙，所思不免常如電影中遠眺之思；卻又盼於電影陳腔老劇情外覓一眞實可觸田園，不知可能否？

（刊二〇〇三年八月《印刻》創刊前號）

睡

整個夏天我都在睡覺。

其實整個童年整個少年時光，我都在昏睡中將之度過了。

以上這兩段說詞，概是我七十年代做青年時對我的六十年代做中小學生時的習慣看法。

年輕時有一樣東西，如今似是失去了。便是一覺睡下去，待醒來已過了十幾二十小時；是時之人，恍如隔世，睡前種種完全遠絕，醒轉之後全然一重生嬰兒，原先的疲累憂煩竟如不存，體力精神氣色亦是純陽光華。

這種睡眠，唉，如今只存於記憶，亦恍如隔世矣。

最近兩三年，常想起了這種睡眠，不禁十分懷念。乃近年往往三、五小時便會醒來，即偶睡得八小時亦不深熟也。

年輕人會有這樣的經驗，半夜四點睡下去，醒來時看錶，十一點，再看天光，大亮，想竟也睡了七個小時。結果與人一對時日，其實是後一日的十一時，也即，睡了三十一個小時。

這種故事，不少人發生過。

電影中一個人自病床醒來，見旁邊坐著的母親或親人已累得睡著，問：「我這樣躺了有多久？」母親道：「五天五夜了。」這種情節很尋常。就像武俠小說的主人翁在山洞裏被老怪救回療傷，醒來時已過了七天七夜。

這至少說明，長時間的睡眠，可將前後判若兩境。連小說及電影也居然用爲情節。好的睡眠，令人的神情十分平定，臉上全是淡泊之氣。一張焦躁的臉，有時是從小就睡得不夠，或是在媽媽懷胎時孕婦的精神沒得到安詳之調養。

某些遺世孤立的太古村莊，小孩睡得極多極靜，他們的臉格外平靜，是我們都市倉卒之民難以想像之境景。豈不聞古人詩句「山靜似太古，日長如小年」？

通常深而長的睡眠，有賴極度的疲累或長時間的沒睡。前者，勞力工作者、軍人與專業運動員最能做到。至於長時間沒睡，像看小說連看十幾二十小時或打麻將連打三天三夜等皆是。或在於狂歡，如整夜的狂舞、飲酒、音樂；另就如精神上之狂歡，如熬夜寫作，慢酌賞月，抽鴉片聽戲曲消其永夜不甘就寢。小孩子在暑假時的東摸摸西摸摸死不上床亦屬於這種靜態的精神放縱之嘉年華；固傷了些睡眠，卻也惠了一些性靈。大觀園中的小兒女們看來頗得於此道。

深而長的熟睡，當然是昏天暗地也無黑無白的。感到涼時會蜷起身骨；體氣運行暢強時，會滿身大汗；會用力吸氣及呼氣（也因此許多人的臥室會有一股油氣）；夢中大小周天暢轉時，致原先頭腳的位置都竟換了個方向，凡此等等。通常強健的體能比較能得到好的、強大的睡中運動，這是老人較難臻及的。

深而長的熟睡，睡醒時，覺得全身原來鬆弛掉的各處機件竟又緊了起來。耳朵有點癢，耳屎耳油也隱隱往外流泛。頭皮也微癢出屑。尿早憋滿了一肚子，撒完尿，猶想喝一大杯水，乃身上原有水分全在熟睡時拿來運轉全身之推動了。

倘非爲了尿急，要睡它個十幾小時本也不難。正因起床如廁，睡了六、七小時後便不能再入眠。這樣的人頗多。

要令尿不積多，除睡前頗有運動，使全身生熱而水分散布通體外，最好是睡前五、六小時便沒吃東西。亦即，空腹。乃腸中有物會在熟睡時漸析出水分之故。也於是睡前能解大便，最可令睡中積儲尿少。

然則何以要睡恁長時間呢？規律生活者原不需要，每日八小時本即功德圓滿。

唯有那些情場失意者、股票操憂者、政壇落寞者、聯考考完者、兵役退伍者、藥癮告段落者或任何惶惶不可終日的與世浮沉之人欲求一趟大睡眠以斬斷睡前人情世事者，委實要睡他一個大睡才成。

每天晚上，時間到了，不管睏與不睏都能定時進房去睡，並且立即睡著，這樣的人令我羨慕。倘我能如此，便能上成班了。

而我又奢盼一種長而深熟的睡眠，以爲那是一份飽足，令人喜樂令人雀躍，卻不知那又使人非覓盡事體將一長日耗光全身累垮方能再入睡眠，眞不啻尷尬也。今日愈得長睡，明日之睡愈需久久方至，其間衆人早入夢鄉，我猶營營勞勞，萬無著落，這樣的醒，竟有點像不熟之睡。

睡後醒，醒後睡，這醒睡之間，人的一生何其不同，人的志趣何其各異。

（刊二〇〇〇年一月十三日中時「人間」）

隨遇而飲——談談喝茶

這十年茶喝得多了。比在這之前的三、四十年多得多了。

倒不是這十年懂得品茶，實是比較懂得口渴。

小時候，台灣各地可見「奉茶」之設。於人煙經過處，立一木架，置一大壺，下覆一只空碗，供來往行人解渴。往往壺中未必有茶葉，開水而已，則台語稱「白茶」。「奉茶」之設，乃炎熱島鄉的民間自發公益，洵美俗也。庶民漸富，人漸不感在外道途之苦，又嫌公杯不潔，年淋月曬，慢慢便消失了。

喝茶或品茶，一向即有；而台灣之講究泡茶及細品並蔚然成風，約始於一九八〇年代初。全島各地選買上等烏龍、包種，各種樹根茶桌散佈人家客廳，紫砂壺及小爐烹水，三五茶友低坐矮凳……遂成習見景觀。

那又恰好是臺島經濟勃興、台灣人奮鬥有成而致台灣自尊意識盎然之一段佳美年月，於是此種台灣泡茶模式——汲取山泉（來自本土），愛用原木桌（本土民藝），聞香杯（口喉之賞外尚有嗅賞。又儀式增多，益顯講究），顧景舟等壺藝（古董收藏），冠軍茶（富貴之象徵。豪奢、炫耀之表現）——便一直延續至今不歇。竟然連我在旁側相陪薰陶下，也喝過好幾杯口齒留香、餘韻回甘的茶。

曾幾何時，好些當年常見的動作，如今差一點都拋忘了。譬如一個壺接一個壺的換著泡，而隨時以布撫拭以為「養壺」；有的在茶海上置濾網，令即使細小茶末也避免入杯；注熱水入壺，覆上蓋，再澆水於壺上，令壺表面不速冷卻；執起壺來，壺底淺浸的水，令它在大碗碗緣轉圈圈的磨轉，使水不至滴落桌面………凡此等等，近日早多省略了。

泡茶之講求與時代之富裕也恰好相成相助形演爲人對自己重新待遇之覺醒。譬似會想：我如今應該穿何種服裝？於是蠟染布料啦，僧式的袍裝啦，腕上圈珠啦，胸前懸玉啦………不可阻禦的應運而生。甚而口蕩茶湯，鼻間飄來檀香，心領神會之下，覺生命悠悠，刹那間天地蒼茫，感悟自己這幾十年恁的是道心蒙塵。便有類似此悟，紫微推命，學禪修密，書院私塾，針灸按摩；林林總總，終至往山林開道場、打禪七有之，闢果園、栽種生機蔬果有之，開班講授易經亦有之。清清綠綠一碗茶湯，醒人何巨也。

各時代有各時代之寄情。一九八〇年代台灣人之寄情最顯豐沛、蠻豪並突出：家屋之擺佈（裝潢之狂愛。喜添一隅和式房間），佛像、石雕佛頭之蒐羅（宗教式藝術品之樂於擁有），郊遊時傾向於洗溫泉、吃土雞、山菜（親近山林），城市公園必鋪設「健康步道」（對亞熱帶原就喜習的赤足文化再度擁抱），泡沫紅茶店的牆上價目表及桌椅愛用不上漆的原木（回歸自然。雞犬桑麻之嚮往也）……而這一切，全得以最日常簡易的「喝茶」一事提綱挈領、呼之即出的象徵出來。

我亦喝茶；一九八〇年代大半不在台島，飄流異地，居無定所，很是戀羨島上人的奇趣橫生的度日追求。一九九〇年代初跟著嘗什麼金萱、東方美人、冬片等極是有趣。至於烏龍常有的「奶油香」，睽違恁久又臨齒喉，心道：「啊，台灣，又回來了。」

只是家中至今連紫砂壺也無一只，亦不曾獨坐茶檯、現燒滾水現泡現斟。當然是懶。亦是待不住家。更主要是，獨自一人，無法有大的飲量，喝不多也。

喝得好茶，總是在客中。在中南部漫遊，乍然登友人門，見廳中隨時置整套茶具，永不撤除。坐下相談，見他扭爐生火、滌杯投葉，顯然是每日操使多次之熟練，幾分鐘後便得暢飲。台灣以外，何曾有這樣天堂？

某次在西螺旅途，修理車窗玻璃馬達，蒙店家饗我茶水，連盡四、五杯，口渴也。

有時旅行的停歇時機或地點，竟常是因爲茶。未必爲其美味，乃爲其解渴。然而可樂、果汁、礦泉水等亦解渴，何以只特言茶？

這便說到重點。此爲茶在某一種微妙感情（家國、歷史、情思、薰陶、年齒………）上最不能教人抵擋之力也。

太多的行旅途中，我皆帶著礦泉水；然來至在杭州西湖，突見露天擺出茶座，自問並不渴，卻仍說什麼也要坐下，喝一杯即使尋常之極的茶。圖佇足也，圖臨境也，圖手執杯、口慢啜、耳目流盼之千古理應清致也。

《儒林外史》中馬純上登杭州吳山，每上幾步，投幾文錢喝一碗茶；再走幾步，又一茶攤，再投錢，喝一碗。此等景象，非得等到近十年我方能體會此中深趣。

大陸最是這樣的洞天福地。幾年來坐過太多的露天茶座，安徽采石磯的采石公園，江蘇周莊的張廳深裏處的茶室，上海的復興公園，北京中山公園「來今雨軒」戶外。即使是一杯玻璃杯泡的最起碼的「炒青」，費三元五角，也是興味怡然。

去冬重遊蘇州虎丘，一大早已遊人如織，卻在「冷香閣」這處茶室，空無一人，好一處清幽所在，所臨之景亦好，幾不忍獨擁也。

這樣的茶座設施，看來也將減少。武昌黃鶴樓這個仿古冒牌景點，逛看無趣之餘，想找一塊茶座抛開閒氣自坐喝茶，竟然也沒有。

然這中國大地上淺坐淺喝之樂，主要在於客中；不久又登途賦離，才能獲其佳意。倘是如土著深坐，或許便不美矣。

客中與口渴，正是我得茶之樂。

桂林及其環郊，有油茶，多半打著「恭城油茶」名號，乃以濃苦茶汁與炒米、炸花生、薑末合融，亦有的是西南土民風味，除解渴外，也得點心充飢。

香港的茶樓，實是吃點心地方，近年多為大型廳堂，如同赴宴。然有一家「德興茶樓」（九龍深水埗南昌街123號）仍有那種老年代站在二樓倚欄杆可望見樓下情景的老茶樓建築。且座上全是頹老之人，桌下必有痰盂，地板永遠溼答答、髒兮兮的。或許是碩果僅存的一家。

茶餐廳，是香港的獨一發明。「茶」，指的是奶茶、檸檬茶、咖啡等這類西式甜飲料，不賣中國茶；「餐廳」，實爲「西餐廳」三字之簡，指的是賣西式三明治、雞尾包、菠蘿麵包等物。此類場所狹小人多，不宜久坐，原是香港本色；搭桌擠坐，快喝「鴛鴦」（奶茶加咖啡）一杯，三文治一個，站起付錢走人，最瀟灑。

日本有「抹茶」，茶道的精趣也。幾年前在花道家勅使河原宏（亦是茶道家、導演，曾拍《砂丘之女》）的「草月會館」承饗一碗抹茶，雖是訪談中由他的工作人員自後房捧出，似不經意，然我們來自台灣的三人仍凝神細啜茶湯同時端視捧於手上的十二世紀高麗青瓷並將空碗互換欣賞，以求差幾達到茶道一二之約略形式禮數。

天熱，在奈良的「友明堂」（國立博物館對面）古董店，坐著喝抹茶，見筒中插著幾柄團扇，取出搧涼，見握柄是葦管，極好操使，與那幾日各商店中多見的以竹片爲柄的不同，雖也是樸素便宜品，卻見出店家的雅潤品味。再看他的茶碗各個不同，卻各有形制；接著見他隨手熟練打出幾碗抹茶，只是受他尋常待茶，喝下極是美味，受用之極。即使不端坐在四疊半的古典規制茶室，亦培不出「和、敬、清、寂」氣氛，但已令客途中很得澄懷了。

（刊二〇〇一年四月《誠品好讀》）

路曼曼兮心不歸——在美國公路上的荒遊浪途

It's been the ruin of many a poor boy, and God, I know I'm one.

——American folk song

（那是多少個可憐孩子毀滅的場地，而上帝啊，我知道我是那些可憐裏面的一個。

——美國民歌）

這些橫豎交錯、高低起伏、此來彼往、周而復始的線條，多年後的今天瞇起眼睛來想，實在眞眞是線條；但當年無數個日夜荒遊其上，卻只知道它叫——公路。

這說的是美國公路。"Get Your Kicks on Route 66"的那種公路，Lost Highway（漢克・威廉姆斯的名曲）的那種公路，They Drive by Night（Raoul Walsh的四十年代名片）的那種公路。這些個被歌曲、電影、文學、流浪漢閒談等所詩化的魔幻奇境之天堂通道卻其實僅是無所適從者不得不暫浮其上、猶不能安居落腳的困厄客途，竟然不自禁成為美國最最波譎雲詭令我不能忘懷的一份意象。

美國公路，寂寞者的原鄉。登馳其上，你不得不摒棄相當繁雜的社會五倫而隨著引擎漫無休止的嗡嗡聲去專注息念。專注於空無。

多半時候，眼睛看向無盡延伸的前路，卻又茫茫無所攝視；偶爾一刻，凝注於後視鏡中映出的特別切割出的畫面。再就是微微轉動脖子，隨興一瞥左右那份橫移的沿路景況。也就是這麼些個眼睛的泛泛作業。往往有極長的時間，眼光俱因無奇的視界而一直呈現漠然，卻必須始終維持著，它不被允許閉起來。

登上公路，是探索「單調」最最本質之舉。不是探索風景。也不是探索昔日的相似經驗。傑克・尼柯遜導的第一部片子叫《開吧，他說》（Drive, He Said），沒錯，開吧。

《婁麗妲》（Lolita），稱得上一部美國心境式「公路小說」，納布可夫（Vladimir Nabokov）以萬鈞筆力記述了五十年代的美國之心境路途即景。主人公瞥見公路旅館的名字，竟不免是那些個陳腔泛名，什麼Sunset（落日）、Pine View（松景）、Mountain View（山景）、Skyline（天空線）、Hillcrest（山峰）、Green Acres（綠園）等等之類。當然，納布可夫所見，不是一個公路人的單調感受；他本人並不會開車，開車的是他老婆。《婁麗妲》書中的經驗源於他們在四十年代末、五十年代初爲了找捕蝴蝶途中開車所達四萬七千哩之迢迢長旅。

單調，雖在漫漫路途中令人難耐，卻在記憶中烙下了一種悠遠的美感。如今，多年後，我每在電視或電影的片段畫面一眼瞥及公路荒景、停車加油、路旁小店草草喝杯咖啡這類景象，總會感到說不出的親切而將這段看完再去轉台。

這類公路生活我也很過過一些；不斷的在加油站停下，刮拭車窗，喝點東西，以求打消因單調而襲來的睏意。然而這些動作，本身就是重複單調。

倘若有一本小書，記載著每天在何地起床上路，在何地加油，油錢若干，吃飯所費，住店所費，如此連寫幾十天，這種書，想來會很單調，但我一定會津津樂讀。這種書，便是「公路書」之所應是，可以完全不涉描述，只記年月日、記地名店名東西名，記價錢里程時刻等純粹「唯物」之節便足矣。

想及此，我當年多少個寒暑、多少次無端的走經美國五十州中四十四州的多處此村彼鎮，若有像這樣簡略的記下單調每日行旅，今日隨興翻覽，必是快意之極。可惜。

然我上路，原非爲了單調。去「紀念碑山谷」（Monument Valley）是爲了一睹西部片經典絕景。走Highway 61是爲了親臨密西西比三角洲的無盡棉田及棉田孕育的黑人藍調根源地。到聖大非（Santa Fe）爲了置身於印第安人古老文明所在之高原大地。離開聖大非，斜向東南至桑姆那堡（Fort Sumner），只是爲了它是比利小子死於派特・蓋瑞特（Pat Garrett）槍下之鎮。到密蘇里州的內華達（Nevada）小鎮，是因爲恰好經過，當時並不知它是導演約翰・休斯頓的故鄉。去威斯康辛州的肯諾夏（Kenosha）卻是蓄意，要一探奧遜・威爾斯的童年故居。在35號州際公路的奧克拉荷馬州那一段只是經過，並非要感受「龍捲風小巷」（Tornado Alley）的天光絕景。而在愛荷華州的蘇城（Sioux City）的短暫停留，實是爲了找一個舊的輪胎鋼圈。

我並非很愛開車，至少不像《邦妮與克萊德》那對三十年代的男女大盜那麼愛開。曾經追捕他們達一〇二天的德州騎警（Texas Ranger）頭子法蘭克・黑默（Frank Hamer）說，邦妮與克萊德動不動就開個一千哩也不感怎樣，某次一開就開到北卡羅萊納州，只是去逛看一個菸草工廠，然後掉頭返回。

邦妮與克萊德出乎我們想像的瘦小：她四十公斤不到，身高四呎十吋。他五十八公斤不到，身高五呎七吋。

這類資料不是什麼，只是慰藉旅途的空蕩。不管是由昔日的電影中看來，由音樂中聽來，由美國文學、歷史中積累讀來，竟然此一處彼一處在荒蕪的美國大地碰上某一地名時呼喚而出，供你在百無聊賴中溫故。

在有些城市，我會懷念開車，像紐約。前後斷續住過達兩年的「大蘋果」，我已不願忍受每天只是坐地鐵而已。清晨五點半在華爾街疾馳，端的是有身處峽谷之感受。而一座座鐵橋的鐵板被車輪磨滑的鳴震感，竟在最近台北捷運施工所鋪的鐵板上又回味過來。

若旅程太過平淡空乏，會有一、兩個星期的每天晚上在經過了一整天的行旅後，極想看一場睡覺前的電影。這時的電影，不管是汽車旅館中TNT台或AMC台的黑白老片，或是小鎮電影院（如我打算這晚睡車上）演的《致命武器》之類，似乎都特別好看。這份短暫癮頭，倒像是我專爲了看電影去每日迢迢驅車幾百哩似的。

若在路途太久，久到不急著奔赴一處目的地時，往往不免進入飄蕩的情境。這是頗危險的。所謂危險是指對人生的態度而言。有時一天只開八十哩或一百二十哩，這裏停停，那裏繞繞，在法院廣場前的老樹濃蔭下慢慢歇息，在一家老藥房的吧檯上喝一杯當下用可樂糖漿調以蘇打水做出的可樂，看著過往的老派鄉民，好像時間暫且停了下來，如此晚上索性在此鎮夜宿車上。這樣的生活過下去，一個不好，青年時光就這麼全在飄蕩中滑失了。

那一年，應是一九八七年。在紐奧良的青年旅舍（youth hostel），各地的遊子聚在此處，時間愈耗愈長。我也住了十多天。每天早上起來，看見旅店門前又增停了幾輛新來的車，外州牌照，佛羅里達、柯羅拉多、紐澤西等州。車子有新有舊，有van，有station wagon，有日本小車。到了晚上，幾個住客坐在階前（紐奧良很熱），手執飲料，抽著香菸，聊著天，有時他們會清點哪些車移動過位置、哪些車再也不出現了。有人迸出一句：「不知道那部白色Volvo下一站會去到哪裏。」黑暗中有一部車慢慢駛近，像在找尋定點，車中堆滿背包及衣物，開車人探頭張望，也見了階前的三、五青年，臉上又似確定，又似不敢把握。坐在門前的人索性打消他的疑慮，說：「Right here. You got it.」

這種感覺，正是旅行。來了，又走了。然後，又有來的。

這些遊子們（對，稱他們「遊子」最是恰當），許是待得久了，漸漸有些迷惘、有些失落了；許多地方不怎麼要去或不去了。到了晚上，他們，男男女女，坐在Igor's（一家近鄰酒吧）開始談那些談不完的話，一談就是夜深。或許他們著實在美國遊玩了太久（倘若他從外國來）或是在旅途中流連了太久，不禁有點累了，於是開始一直進相同地方。每天早上糊裏糊塗的登上往「法國胡同」（French Quarter）之路，每天晚上，走著走著，最後一站當然，是Igor's。

不知道什麼原因，我有點想停留下來，留在南方，不走了。不去紐約，也不回舊金山，就留在紐奧良，一兩個月，或更長，誰知道。我的二十一歲老的雪佛萊Bel Air型車開始有些衰弱，我想把它留在城內開，暫時不奔遠了。

這時有一個澳洲人Rob，正有意赴紐約，他去登記了Auto Driveaway（一種幫人開空車到另一地的服務），我們聊過一下，我表示也有興趣去紐約（我想去取我的書，再回紐奧良來閒住、看書、寫點東西什麼的）。過沒幾天，車公司告知Rob說有一輛車要去東岸，只是還不到紐約，只到巴爾第摩。Rob問我去不去，我說：好。

這個決定之後，接著就出發。往後的幾天，我歷經了車子拋錨（車公司原說車都檢查妥善，實則這部車的機油表尺在出事時探到的是一坨坨的黑泥，拖車人說：「三年來他可能沒有換過一次機油」）、伸拇指搭便車、深夜兩點在一個完全禁酒的小鎮邊上等灰狗，終於再曲曲折折的回返紐奧良。回紐奧良後我又打算找零工打，老闆叫我和一個非法入境的墨西哥人同住他在密西西比河對岸小鎮的公寓（公寓後院的鐵窗幾天前被打破，還沒修），第二天清早這墨西哥人央我載他去法院（他弟弟正好被抓，準備要遣送回國），結果我的車子在橫跨密西西比河上的大鐵橋上突然有一種「嗡」的空谷回音，油門若踩重些則嗡聲更大，狀況有異，使我不敢再踩油門，讓它滑行，自橋上滑到地面時，引擎蓋上冒出微微煙氣，而我扭轉鑰匙要熄火，卻怎麼也熄不掉。原來我的水箱的水全漏光了，車子過熱，故連熄火也熄不掉。晚上我走在「法國胡同」最熱鬧的波本街（Bourbon St.），失魂落魄的低著頭，一個十幾歲的黑人少年從口袋中拿出槍來，輕聲說「Give me your pocket.」，我轉身就跑，竟然逃掉了。半個block外的一個坐在階前的白人住戶站起來和我說，適才這個瘦小黑人少年騎自行車和我擦身而過時，大約看我低頭心不在焉，又是東方人（必是外地遊客），遂掉轉車頭，起意搶我。這一幕（我與黑人擦身而過）他坐在階前完全看到。

經過這一些事故，再加上身上現款已快用完，而我的銀行提款卡是西雅圖的First Interstate Bank，全美有四十多州我可提款，偏偏路易西安那、阿拉巴馬、密西西比這三州是deep south（深內的南方），頗是落後，銀行沒法連線，我終於決定離開紐奧良。

兩個月後，在波士頓對岸的劍橋，我看完《金甲部隊》（Full Metal Jacket）後，把車停在郎費羅公園（Longfellow Park）旁，睡在車內，細雨開始下了起來，輕輕的打在鐵皮上，汀汀幽響，而玻璃上先是濛濛的，繼而撲漱漱滑下水珠，剎那間，悲上心來，幾乎像是在心裏要問，爲什麼？

其實，我那時並沒想得太多。那一年，我已三十五歲，並不因年齒之增而對人生有所計畫。那晚，我有一個多年好友他正住在波士頓最古雅的比肯崗（Beacon Hill）的Willow街上，我可以住他家，可以不必自己睡在車內感受淒冷。但我並沒想這些。

我仍然繼續北行，第二天。

這樣的日子，我斷斷續續的又過了一、兩年。現在我會說公路有一股隱藏的拉力，令我頗有一陣子蠻怕自己沒來由的就又登了上去。要知道那種上去了就遲遲下不來的可能憂恐，惟有做過好些年遊魂的那類人才會幽幽感到怕。

近年來很多愛好電影的人習慣動不動就說什麼「公路電影」這樣、「公路電影」那樣，何曾知道公路電影其深蘊的本意何在。拍《閃靈殺手》（Natural Born Killer）的那個導演，假如有人說他曾經拍過或將要拍公路電影，我會很難相信。因爲那個導演的作品是極有計畫、極究題旨、又極確明目標，這樣的人如何會作什麼公路電影。

史丹利・庫柏力克這樣的大導演，作品何其精深細緻，也拍過《婁麗姐》這樣有些公路途程的片子，但他絕不可能是個公路電影的導演。氣質上，他不是。

在我的念頭中，好萊塢的主流電影裏，雖然有許多在公路中發生故事的題材，我很難視之爲公路電影。亨弗萊・鮑嘉開著車，星夜趕路，亡命天涯，便因如此就叫公路電影？《蔗田快車》（Sugarland Express）、《美國風情畫》（American Graffiti）、《雨族》（Rain People）等劇情化得很厲害的所謂公路電影，皆不是我認同的公路電影。

最最像拍公路電影的人，是德國導演威爾涅・荷索（Werner Herzog），奇怪，他就像那種氣質。當然文・溫德斯（Wim Wenders）的多部電影原就是我認爲很本義的公路電影，只是他的人在氣質上沒有荷索更像作公路電影之人。

因此，諸君，不要逗留，切莫對美國公路投寄太多情懷。倘若你恰好在US 212號公路蒙塔拿境內由Red Lodge到Cooke City這一段，或是US 550在柯羅拉多州境內從Montrose到Durango這一段，或Vermont州的100號本州公路，或是自北卡羅萊納州斜上維吉尼亞州的Blue Ridge Parkway（藍山公路）上，這些絕色奇景路程你或許不得不好好賞玩，甚至慶幸自己運氣好，是的，但略做遊看就好，請別多所停留。民歌手鮑勃·狄倫在他三十多年前出的第一張唱片中，唱的〈日昇之屋〉（House of the Rising Sun）有一警句說：「他從生命中得到的惟一快樂，是一個鎮接著一個鎮的遊蕩。」（And the only pleasure he gets out of life, is rambling from town to town.）

（刊一九九四年十二月《誠品閱讀》）

北方山水

遊山玩水，於我固爲探奇，也爲延時消日徜徉不歸。愈得專心於形勢之奇風土之美，愈得以流連忘返，將人事肩擔之愧索性拋卻。

五年前登華山，由下至上，只一條路，「上者皆所由陟，更別無路」（酈道元語），級級攀高，促人直上峰頂。即「青柯坪」，亦狹窄不適盤桓，而千尺幢、百尺峽、蒼龍嶺皆是手扶鐵索速過之險徑，及抵峰頂，方得極目四望，令人心曠神怡，渭北樹、日暮雲，泛收眼下。

夜宿改自舊日石砌道觀之客棧，初秋天氣，寒不可當，倘院中賞月，如何可也？回想來路，並無村家聚落，也無曲溪迴谷，有的只是石磴梯道及飛崖洞穴，於是知登華山純實崇高清旅也，斷非「言師採藥去」而你徘徊亭橋悠然林泉竟日不去的幽勝山谷也。

這種古畫中的山谷究在何處？

范寬〈谿山行旅圖〉的山水究在何處？他籍貫華原，是離西安北面不遠的耀縣，以耀州瓷名；郭熙《林泉高致》一書謂：「關陝之士，惟摹范寬。」或許范寬的山水正是關陝寫照。關陝風景之大者，終南、太華也。米芾謂：「范寬勢雖雄杰，然深暗如暮夜晦暝」，這深暗晦暝，想必在大山深谷極幽處，似很符合秦嶺山脈中的終南山。而郭若虛的《圖畫見聞志》言范寬「居山林間，常危坐終日，縱目四顧，以求其趣。雖雪月之際，必徘徊凝覽」，這雪月徘徊，看來不易是華山。

世界山水，全有可看可嘆者；然峰欲奇突、岫欲出雲、巒欲起伏、溪欲狹曲、松欲蟠虬、橋欲孤短、樵欲匆過、屋軒欲偏小藏山側、瀧欲細練掩於深谷等古畫中山水，看來只能在中國求之。

六年前因事道經河北保定去到完縣、唐縣一段之太行山，山雖不高，層層連綿不盡，土崗濯濯，間有樹點如畫中皴。偶有孔道，北方所謂峪也。可惜匆匆一停，不能多探太行山水之面貌，卻也不禁疑惑這南北綿延千里的山脈竟全是如此黃土漠漠嗎？

應當未必。須知古代曾有一段時間北嶽並不設在我人素知的山西渾源之恆山，而設在唐縣南邊幾十里的曲陽，亦處太行山脈中。既爲五嶽之一，必爲群山環拱，豈能如今日所見之勢？並且同行土著全不提一字，想來他們也不知道。返台後讀清人李雲麟一百多年前之〈游北嶽記〉，他也說由保定向西「遍詢土人及士大夫，迄無知者」。搞不好這曲陽北嶽今日已荒湮了也不一定。

但看古人備稱清幽絕勝的林慮山，位於河南北方的林縣，亦在太行南脈，郭熙所謂

「太行枕華夏，而面目者林慮」，李雲麟也遊過，他說在林慮觀黃華瀑時，恨不得見廬山；二年後親見廬山黃崖瀑，「尚不及黃華西帘之奇。始知黃華水帘實爲北方第一！」

這林慮山我在古人遊記中多次見到，然今日從未聽人提起，連地圖上也不見標示，大約已不堪如古人文中所敘之幽美矣。頗思近日一去探看。

許多古時山水，今日已見不著，如「相看兩不厭」的敬亭山，今日全非昔日謝眺、李白、王思任所見景狀。何也？江河改道、水蘊不足，戰亂砍伐、土木蕩失，人煙耕種、文明洗刷……等，足使幽荒不存。且看一本《水經注》，歷代無數繼注者皆說出地貌遷變之無常與倏忽也。

敬亭山如今只測得三二四公尺，土頹山降矣。南麓的「雙塔寺」是惟一勝景，毫無遊人，靜可聞針落。無殿無廡，僅孤立宋時雙塔，亦可稱奇。山南的宣城，已無「青山橫北郭，白水繞東城」之致，乃它原來便不深蕪幽莽，維不了千年奇秀。城中心的開元寺塔，一樓還住著人家，燒飯炒菜可聞。

也曾溯富春江而上，抵建德，再穿千島湖，溯新安江，抵黃山腳下的深渡。這富春江兩岸草粗樹蓊，加以水滿不顯洲汀，全不是黃公望畫中瀟散磊遠景意。這卻又是上源水庫豐沛所造成之今古差異了。

大體言之，昔日之勝，往往今日淡頹平曠；而今日之奇景，常是昔日幽莽不堪攀探者。如黃山，如雁蕩，如桂林陽朔之奇峰如亂馬。甚或如張家界、九寨溝、神農架這等深之又深絕境。

倘要覓既非全然人跡罕至的洪荒古莽如神農架，又非平矮無奇的今日敬亭山，那樣一處山水，可以徜徉忘歸，可以盤桓經年，甚而可以終老一生，不知何處覓得？

（刊一九九九年六月三日中時「人間」）

流浪的藝術

純粹的流浪。即使有能花的錢，也不花。

享受走路。一天走十哩路，不論是森林中的小徑或是紐約摩天樓環繞下的商業大道。不讓自己輕易就走累；這指的是：姿勢端直，輕步鬆肩，一邊看令人激動的景，卻一邊呼吸平勻，不讓自己高興得加倍使身體累乏。並且，正確的走姿，腳不會沒事起泡。

要能簡約自己每一樣行動。不多吃，有的甚至只吃水果及乾糧。吃飯，往往是走路生活中的一個大休息。其餘的小休息，或者是站在街角不動，三、五分鐘。或者是坐在地上。能適應這種方式的走路，那麼紮實的旅行或流浪，才得眞的實現。會走路的旅行者，不輕易流汗（"Never let them see you sweat!"），不常吵著要喝水，即使常坐地上、台階、板凳，褲子也不髒。常能在較累時、較需要一個大的break時，剛好也正是他該吃飯的時候。

走路是所有旅行形式中最本質的一項。沙漠駝隊，也必須不時下得坐騎，牽著而行。你即使開車，進入一個小鎮，在主街及旁街上稍繞了三、四條後，你仍要把車停好，下車來走。以步行的韻律來觀看市景。若只走二十分鐘，而又想把這小鎮的鎮中心弄清楚，你至少要能走橫的直的加起來約十條街，也就是說，每條街只有兩分鐘讓你瀏覽。

走路。走一陣，停下來，站定不動，抬頭看。再退後幾步，再抬頭；這時或許看得較清楚些。有時你必須走近幾步，踏上某個高台，踮起腳，瞇起眼，如此才瞧個清楚。

有時必須蹲下來，用手將某片樹葉移近來看。有時甚至必須伏倒，使你能取到你要的攝影畫面。

流浪要用盡你能用盡的所有姿勢。

走路的停止，是爲站立。什麼也不做，只是站著。往往最驚異獨絕、最壯闊奔騰、最幽清無倫的景況，教人只是兀立以對。這種站立是立於天地之間。太多人終其一世不曾有此立於天地間之感受，其實何曾難了？侷促市廛多致蒙蔽而已。惟在旅途迢遙、筋骨勞頓、萬念俱簡之後於空曠荒遼中恰能得之。

我人今日甚少兀兀的站立街頭、站立路邊、站立城市中任何一地，乃我們深受人群車陣之慣性籠罩、密不透風，致不敢孤身一人如此若無其事的站立。噫，連簡簡單單的一件站立，也竟做不到矣！此何世也，人不能站。

人能在外站得住，較之居廣廈、臥高榻、坐正位、行大道豈不更飄灑快活？

古人謂貧而樂，固好；一簞食一瓢飲，固好；然放下這些修身念頭，到外頭走走，到外頭站站，或許於平日心念太多之人，更好。

走路，是人在宇宙最不受任何情境韁鎖、最得自求多福、最是踽踽尊貴的表現情狀。因能走，你就是天王老子。古時行者訪道；我人能走路流浪，亦不遠矣。

有了流浪心念，那麼對於這世界，不多取也不多予。清風明月，時在襟懷，常得遭逢，不必一次全收也。自己睡的空間，只像自己身體一般大，因此睡覺時的翻身，也漸練成幅度有限，最後根本沒有所謂的翻身了。

他的財產，例如他的行李，只紮成緊緊小小的一捆；雖然他不時換乾淨衣襪，但所有的變化，所有的魔術，只在那小小的一捆裏。

最好沒有行李。若有，也不貴重。乘火車一站一站的玩，見這一站景色頗好，說下就下，完全不受行李沉重所拖累。

見這一站景色好得驚世駭俗，好到教你張口咋舌，車停時，自然而然走下車來，步上月台，如著魔般，而身後火車緩緩移動離站竟也渾然不覺。幾分鐘後恍然想起行李還在座位架上。卻又何失也。乃行李至此直是身外物、而眼前佳景又太緊要也。

於是，路上絕不添買東西。甚至相機、底片皆不帶。

行李，往往是浪遊不能酣暢的最致命原因。譬似遊伴常是長途程及長時間旅行的最大敵人。乃你會心繫於他。豈不聞「關心則亂」？

他也仍能讀書。事實上旅行中讀完四、五本厚書的，大有人在。但高明的浪遊者，絕不沉迷於讀書。絕不因為在長途單調的火車上，在舒適的旅館床舖上，於是大肆讀書。他只「投一瞥」，對報紙、對電視、對大部頭的書籍、對字典、甚至對景物，更甚至對這個時代。總之，我們可以假設他有他自己的主體，例如他的「不斷移動」是其主體，任何事能助於此主體的，他做；而任何事不能太和主體相干的，便不沉淪從事。例如花太長時間停在一個城市或花太多時間寫postcard或筆記，皆是不合的。

這種流浪，顯然，是冷的藝術。是感情之收斂；是遠離人間煙火，是不求助於親戚、朋友，不求情於其他路人。是寂寞一字不放在心上、文化溫馨不看在眼裏。在這層上，我知道，我還練不出來。

對「累」的正確觀念。不該有文明後常住都市房子裏的那種覺得凡不在室內冷氣、柔軟沙發、熱水洗浴等便利即是累之陳腐念頭。

要令自己不懂什麼是累。要像小孩一樣從沒想過累，只在委實累到垮了便倒頭睡去的那種自然之身體及心理反應。

常常念及累之人，旅途其實只是另一形式給他離開都市去另找一個埋怨的機會。他還是待在家裏好。

即使在自家都市，常常在你面前嘆累的人，遠之宜也。

要平常心的對待身體各部位。譬似屁股，哪兒都能安置；沙發可以，岩石上也可以，石階、樹根、草坡、公園鐵凳皆可以。

要在需要的時機（如累了時）去放下屁股，而不是在好的材質或乾淨的地區去放。當然更不是爲找取舒服雅致的可坐處去迢迢奔赴旅行點。

浪遊，常使人話說得少。乃全在異地。甚而是空曠地、荒涼地。

離開家門不正是爲了這個嗎？

寂寞，何其奢侈之字。即使在荒遼中，也常極珍貴。

吃飯，最有機會傷壞旅行的灑脫韻律。例如花許多時間的吃，費很多周折去尋吃，吃到一頓令人生氣的飯（侍者的嘴臉、昂貴又難吃的飯）………等等。要令充飢一事不致干擾於你，方是坦蕩旅途。

坊間有所謂的「美食之旅」；美食，也算旅嗎？

吃飯，原是好事；只不應在寬遠行程中求之。美食與旅行，兩者惟能選一。

當你什麼工作皆不想做，或人生每一樁事皆有極大的不情願，在這時刻，你毋寧去流浪。去千山萬水的熬時度日，耗空你的身心，粗礪你的知覺，直到你能自發的甘願的回抵原先的枯燥崗位做你身前之事。

即使你不出門流浪，在此種不情願下，勢必亦在不同工作中流浪。

人一生中難道不需要離開自己日夕相處的家園、城市、親友或國家而到遙遠的異國一段歲月嗎？

人總會待在一個地方待得幾乎受不了吧。

與自己熟悉的人相處過久，或許也是一種不道德吧。

太多的人用太多的時光去賺取他原以為很需要卻其實用不太到的錢，以致他連流浪都覺得是奢侈的事了。

他們的確年輕時曾發過宏願，說出像「我再拚上三、五年，有些事業基礎了，說什麼也要把自己丟到荒野中，無所事事個半年一年，好好的流浪一番」這樣的話；然十年二十年、三十年五十年轉眼過去，他們哪兒也沒去。

有時他們自己回身計算一下，原可能派用在流浪上的光陰，固然是省下來了，卻也未必替自己多做了什麼豐功偉業。唉，何惜也如此算計。正是：

未能一日寡過
恨不十年流浪

老實說，流浪亦不如何。不流浪亦很好。但看自己有無這個念頭罷了。會動這念頭，照說還是有些機緣的。

以我觀之，流浪最大的好處是，丟開那些他平日認爲最重要的東西。好比說，他的賺錢能耐，他的社會佔有度，他的侃侃而談（或訓話習慣），他的聰慧、迷人、或顧盼自雄；還有，他的自卑感。

最不願意流浪的人，或許是最不願意放掉東西的人。這就像你約有些朋友，而他永遠不會出來，相當可能他是那種他自己的事是世間最重要事之人。

便有恁多勢利市儈，益教人更想長留浪途不返市井也。

和尚自詡得道渡人，在電視上侃侃而談，聽者與講者俱夢想安坐家中參詳幾句經文、思辨些許道理，便啥事可解，噫，何不到外間漫遊，不急於歸家，一日兩日，十日半月，半年一年，往往人生原本以爲不解之難題，更易線鬆綱懈，於焉解開。

須知得道高僧亦不時尋覓三兩座安靜寺廟來移換棲身。何也？方丈一室，不宜久居；住持一職，不宜久擁；脫身也，趨幽也，甚至，避禍也。

拓荒者及探險家對於荒疏的興趣，甚至對於空無的強切需求，使得他們能在極地、海上、冰原、沙漠、叢林一待就待上數月數年，並且自他們的描述與日記所證，每日的生活完全不涉繁華之事或豐盛食衣。

這顯然是另一種文明。或者說，古文明。亦即如獅豹馬象般的動物文明，或是樹草土石的恆寂洪荒文明。

拓荒者探險家歷經了千山萬海即使抵達了綠洲或是泊靠港埠，竟是爲了添採補給，而不是駐足享樂、買宅居停，自此過日子。他們繼續往前尋找新的空荒。

也可能他們身上有一種病，至少有一種癮，這種病癮逼使他們不能停在城鎮；好似城鎮的穩定生態令他們的血液運行遲緩，令他們口臭便秘，令他們常感毫無來由的疲倦。然他們一到了沙漠，一到了冰原，他的皮膚馬上有了敏銳的舒泰反應，他的眼睛溼潤，鼻腔極其通暢；再多的汗水及再寒冽的冰風只會令他精神抖擻。這種似同受苦受難而後適應而後嗜習的心身提振，致使他後日再也不能不願生活在人煙喧騰的城市。

然他們在荒涼境地究竟追求什麼？不知道。有可能是某種無邊無際的大無聊，譬如說，完全的沒有言語；或黑夜降臨後之完全無光；或某種宇宙全然歇止似的靜謐，靜到你在沙漠中可清晰聽見風吹細砂時兩粒微如屑土的砂子相擊之清響。

探險式的旅行家，未必是找尋「樂土」或「香格里拉」；然「樂土」之念仍然是探尋過程中頗令他們期盼者。只是樂土居定下來後，稍經歲月，最終總會變成非樂土，此爲天地間無可奈何之事。

多年前在美國，聽朋友說起一則公路上的軼事：某甲開車馳行於荒涼公路，遠遠見一人在路邊伸拇指欲搭便車，駛近，看清楚是一青年，面無表情，似乎不存希望。某甲開得頗快，一閃即過。過了幾分鐘，心中不忍，有點想掉頭回去將那青年載上。然而沒很快決定，又這麼往前開了頗一段。這件事縈在心頭又是一陣，後來實在忍不住，決定掉頭開去找他。這已是二、三十哩路外了，他開著開著，回到了原先青年站立的地點，竟然人走了。這一下某甲倒慌了，在附近前後又開著找了一下，再回到青年原先所站立之地，在路邊的沙土上，看見有字，是用樹枝刻畫的，道：

Seashore washed by suds and foam,　（海水洗岸浪飛花
Been here so long got to calling it home.　野荒佇久亦是家）

Billy

這一段文字，嗟乎，蒼涼極矣，我至今猶記得。這個Billy，雖年輕，卻自文字中見出他多好的人生歷練，遭遇到多好的歲月，荒野中枯等。Been here so long got to calling it home.即使沒坐上便車，亦已所獲豐盈，他擁有一段最枯寂卻又是最富感覺、最天地自在的極佳光景。

再好的地方，你仍須離開，其方法，只是走。然只要繼續走，隨時隨處總會有更好更好的地方。

待得住。只覺當下最是泰然適宜，只知此刻便是天涯海角的終點。既不懷戀前村，亦不憂慮後店，說什麼也要在此地賴上一陣。站著坐著，靠在樹下癱軟著，發呆或做夢，都好。

這種地方，亦未必是天堂城市，未必是桃源美村，常只是宏敞平靜的任何境域；只因你遊得遠遊得久了，看得透看得淡了，它乍然受你降臨，竟顯得極是相得，正是無量福緣。

地點。多半人看不上眼的、引為苦荒的地方，最是佳境。城市樓宇、暖氣毛裘眷顧於衆他；則朗朗乾坤眷顧於獨你。

你甚至太涕零受寵於此天涼地荒，不忍獨樂，幾欲招引他們也來同享。

然而「相逢盡道休官去，林下何曾見一人？」

旁觀之樂，抑是委身之樂？全身相委，豈非將他鄉活作己鄉？純作壁上觀，不免河漢輕淺。

流浪，本是堅壁清野；是以變動的空間換取眼界的開闊震盪，以長久的時間換取終至平靜空澹的心境。故流浪久了、遠了，高山大河過了仍是平略的小鎮或山村，眼睛漸如垂簾，看壯麗與看淺平，皆是一樣。這時的旅行，只是移動而已。至此境地，哪裏皆是好的，哪裏都能待得，也哪裏都可隨時離開，無所謂必須留戀之鄉矣。

通常長一點的時間（如三個月或半年）或遠一點的途程（如幾千里）比較能達臻此種狀態；而儘可能往荒蕪空漠之地而行或儘量吃住簡單甚至困厄，也能在短時間及小行程中獲得此種效果。這也是何以要少花錢少吃佳餚館子少住舒服旅店的真義所在。

前說的「即使有能花的錢也不花」，便是勸人拋開錢之好處、方便處；惟有專注當下的荒涼境、逆境，人不久獲取之豐厚美感才得成形。倘若一看不妙，便當下想起使動金錢之力量，便太多事看似迎刃而解，卻人生尚有何意思？

事實上，一早便擁有太多錢的小孩或家庭，原本過的常是最不堪的概念生活。而他猶暗地裏沾沾自喜，謂「我能如何如何」，實則錢能帶給他的，較之剝奪掉的，少了不知千千萬萬倍。

然則又有幾個有錢人會如此想？我若有錢，或許便沒能力如此想矣。故我眞慶幸尚可不必受錢之莫名自天降落而造成對我之擺佈。

有一種地方，現在看不到了，然它的光影，它的氣味，它的朦朧模樣，不時閃晃在你的憶海裏，片片段段，每一片每一段往往相距極遠，竟又全是你人生的寶藏，令你每一次飄落居停，皆感滿盈愉悅，但又微微的悵惘。

以是人要再踏上路途，去淋沐新的情景，也去勾撞原遇的遠鄉。

（刊二〇〇一年三月號《聯合文學》）

偶遇之樂

六年前遊西安，西行法門寺途中，見一高塔，頗顯古意，遂囑車夫向塔處開，到了一問，村叫武塔村（屬武功縣），塔叫武塔（正名是「報本塔」），建於宋代。這塔古，村子也古，走在村街上，竟有難以言說的唐宋氣象。當日正好有廟會，見有一、二十個老太婆魚貫的往一方向走，頭上蓋一方帕（當地習俗），腳上還裹著小腳；我本不覺稀奇，年少時台北也司空見慣，隨口和一中年村人搭談：「這些老太太年紀很老了吧。」只是隨口一句，沒想他答道：「哦，很老嘍，六十多了。」嚇我一跳，原來這些老太太才六十多歲，那豈非三、四十年代還在裹腳？

這武塔村並不在荒僻遠鄉，卻人仍是古代神情，與現代無干，實是思古的最佳場景；又這塔已顯殘頹，然宋制可見，又與古村老民同在一處，這種實存的呼應，端的是小雁塔、大雁塔那樣孤隔的名蹟勝點所不堪有的妙趣。

西安向稱古城，卻城中毫無古意生活，且不說古街古巷古宅子幾乎已看不到。但由武塔村一例看來，西安邊郊實可四處一探；譬如東行，方過灞橋不久，見一土矮聚落，下車去看，竟是一片土牆處處的小村。牆土年深月久，頂上有苔，深淺不一，化溼開來，使牆頭及牆面俱極有看頭，較之京都龍安寺枯山水庭後那一面寶惜有加的牆還更勝趣。當然此處沒人來遊，只見一兩頭黑牛拴著，五六個村童嬉著。詢村童此是何地，道「邵平店」。這幾年遍查我有的《西安市地圖冊》及《陝西省地圖冊》，全不見錄繪。

這說的是旅途中的不期之遇，當時固是驚喜，後年彌感珍貴。

這一類的偶遇，也必不少，但要能在心中擱放個幾年而還想對人提起者方是最難得的。

兩年前由南京往安徽宣城，途經采石磯，既是名地，且停車稍遊。先看了太白樓，再到長江邊登眺，匆匆逛完，要往公園大門回走，忽然聽到太白樓旁的一所寺廟內傳出唱經聲，發自一人，聲至清越，腔韻極美，想是古調。然而是什麼人所唱？大陸上寺廟的和尚曾有多年限制斷層，而這廟既在公園之內，又不似古剎（否則我們不會放過它），怎麼會有那備富傳承的高手唱聲呢？那時天色漸昏，也沒回頭追究，便登車離開了。

幾天後在涇縣，看著水西的大觀塔，忽然憶起十來年前在美國某華文報紙上所讀小說〈受戒〉，署名汪曾祺，當時不知是誰，只覺江南旖旎一片，印象深刻；並聯想起「和尚唱經」情節，繼而再想安徽古時多寺多塔，即民國年間蕪湖的老太太每年赴九華山燒香亦有幾步一拜這麼幾百里的拜上山的，故而這采石公園的唱經聲頗能透出原本佛事蘊厚的地方淵源也說不定。念及此，倒有些後悔當日沒登台進殿，一探所以。聽這音色嘹亮，想唱經的和尚年紀應在六十以下；倘幼年出家，文革時佛教斷斬，不知做些什麼……不禁遐想。

同一年冬天，遊桂林，正值該冬雨水豐沛，某日遊漓江，煙山寒水，景致絕變；船上服務人員說當日之景，數年也未必一遇。我們冒雨在頂層看台上賞景，抵陽朔後被招待在碼頭旁的「甲天下」咖啡館喝咖啡，也喝台灣來的凍頂茶，這麼慢斟慢酌，邊眺江景，也藉此等候鞋襪的晾乾，突然耳中傳進幽幽的胡琴聲，倒是與雨中的江水很合，想店家蠻會選唱片的；再一聽，不對，擴音器裏原就有音樂，這胡琴聲並非來自唱片，便連忙套上鞋子，向外去尋，原來店外大街上有一瞎子在拉二胡。琴音幽幽怨怨，很像是劉天華的曲子，不知道我將講的會否太誇張，他拉得比太多的唱片要有感覺。甚至我可以說乃平生聽過最好的二胡。或許是那天的情境；冬天雨中，大街上沒有閒雜遊人；那天的空氣，那天的我等遊江完後的倦累及懶慢，這些皆可能是聽琴曲的絕好時機；然我細看他偏著頭自顧嗚嗚的拉著，他亦是陶然於此刻的細膩音符中。這瞎眼人穿著解放裝，戴著帽子，年歲不甚老，五十許人，像是苦難年代的平凡卻有感覺的人，很可能琴藝便是學自苦難年代，如文革什麼的。

次年，我又去陽朔，也是冬天。在陽朔旁的福利小鎮閒步老街，於一片片老門板密閉中聽到不甚清晰的絲竹聲。午後沉靜處聽來，何啻天籟？於是一戶戶的貼近去覓，終在某一家門前找到，便站在門外聽。一兩分鐘後，實在忍不住了，便拍門。咿啞一聲，老婦開門。我說我聽到音樂，很感趣味，故冒昧………她忙說請進請進。進去一看，這是後門，裏頭正是人家廚房，有兩個老頭坐在矮凳上，一操胡琴，一撫三絃；另有一個對著揚琴高坐，牆上一面小黑板記有簡譜，室內幽暗。我這麼看了一眼，好一處角落天堂。他們請我坐，我說馬上要與同伴會合，不坐了。他們說喝杯茶吧，我說不喝了謝謝。他們說要不要也演奏一下，我說謝謝我不會。接著告以來自台灣，門外聽這樂曲很感興味，故拍門探看，過些時日或許好好的來再聆聽。他們說歡迎歡迎。問他們這是何樣音樂？回以「廣西文場」。

偶遇之至樂也。雖僅三、兩分鐘，至珍也。這情節已略有章回小說之古況了。我走時，他們幾人送至門口，神情至爲誠懇，眞古時田園也。

（刊一九九九年十一月十一日中時「人間」）

行萬里路，飲無盡茶

每日起床，急急忙忙一泡尿。接著如何？便是泡上一杯茶，喝將起來。此外究竟幹得啥事，則不甚記憶。有時想想，人的一生，便在這一泡尿與一杯茶之間度過了。

近十年來，窺看人生，常以喝了多少茶以及在哪兒喝做爲粗算的方法。自己也倒滿意這個方法。倘一天中喝得越多杯茶、越在不同地點喝、越皆喝得下口，則這一天往往很有「過得日子」了。若這一天只在家中自喝，雖泡的皆可以是好茶，不時又能讀上幾頁好書，以之下茶，但此一天還是沒啥過得日子。何也？主要一，必不至太渴，喝不多也。二，獨喝，太靜態，不易發作自己的光熱，喝來不高昂也。三，沒有外出更換場景，沒有震盪體氣心跳，加以眼界無法奔行，心境亦可能執滯。這些便是我所謂的沒有過得日子。

便爲這過得日子，一逕尋取喝茶的時機。

同時以喝茶爲名義，想盡辦法抬頭看看天色。想盡辦法往外去，找有意思處徜徉。想盡辦法與人相聚，同遊，高談闊論，稱山讚水。

便因喝茶，判出了一個城市是否宜於人之移動、觀賞、停留。台北市，猶差那麼一點。五十年前的台北，水田廣佈，村意猶濃，光頭長鬚老人與裹小腳老婦猶多，那種時節，樹下稍坐，若有野茶亭，所謂「四方來客、坐片刻無分你我；兩頭是路、吃一盞各自東西」者，倒是頗適合的。

杭州，曾有千般優勢，勝景無數；然不坐下喝茶，如何能怡然欣賞？近年設施添增，俗化不少，若偶得一處幽境，更需稍坐，略略啜茶；風景者，睜一眼閉一眼，便是最好。花港觀魚，輒喝茶；柳浪聞鶯，亦喝茶；平湖秋月，何妨也只是喝茶？冬日嚴寒，最佳的茶室是「西泠印社」的「四照閣」，縮著脖子看窗外冷瑟瑟湖上的「阮公墩」諸島，幾如海上仙山。春秋佳日，最佳的飲茶點自是「大佛寺」遺址再上幾步、保俶塔腳下的「初陽茶室」。和風徐來，白堤隱約繫於眼簾。

昔日佳景今已失望者，但作泛覽可也，不必深究。當此時也，茶便是最好分神尤物。有道是：「平生於物原無取，消受山中茶一杯」。

巴黎的小街，如穆夫塔爾街（Rue Mouffetard）、孚日廣場（Place des Vosges），多麼教人無盡的漫步其間，撫之嘆之；但有一憾，此地不能隨處喝茶，喝中國式的毫無姿態的簡略之茶，那種丟幾文錢、取起呼嚕呼嚕大口能喝、慢斟細酌也能喝的同樣一杯便宜之極的茶。

加州柏克萊，人在午後北行Shattuck Ave，先在Live Oak Park略做徜徉，再向東看一些在Spruce St.與Glen Ave.及Arch St.上的由Julia Morgan（1872-1957）、Bernard Maybeck（1862-1957；約當中國的黃賓虹的存歿年代，是二十世紀中人能得擁最佳美的年代）等人在二十世紀初設計的優美房子，這是多麼的閒適逸然，但再回返Live Oak Park坐於樹下，卻沒有一個茶亭賣茶，沒有茶爐上的煙汽，亦沒有喝茶的人煙；這倒不是不好，只是太清疏了，令人不能久待。這種曠冷，是美國的佳處，是荒野中一匹孤狼如三十歲時之我頗樂遨遊的飄灑好原野，然過了四十五歲則無法久待。現下的我，需覓那一杯熱茶，及那茶旁的溫熱。

Shattuck再往北行，至稍高處，有一巨岩，稱Indian Rock，人攀登其上，面向西而坐，若遇佳日，則海灣遠處兩三座橋皆收眼底。不少人來此乾眺，有的來此久坐，有的躺下享受陽光，有的來此練習攀岩，有的攜三明治、紅酒於此野餐，的是一處佳境。此地白麻麻巨岩，頗有安徽天柱山各處峰頂之袖珍版意況，然天柱山有竹棚茶店，Indian Rock惜乎無有。

舉世最適於隨時淡淡的喝一口江南式嫩葉綠茶（如杭州龍井、太湖碧螺春、黃山毛峰）的地方，是日本京都。乃它的景致最合；它的街巷尺寸，它的木造屋舍，它的疏落竹籬，它的樹石，它的氣候，它的顏色等皆然。人走在清水寺、高台寺的小街，走在嵐山、嵯峨野的山徑，流連不能自已。「哲學之道」南邊近若王子神社的那兩家建於七十年代末的茶室「葉匠壽庵」，多好的地方，但喝的是抹茶，太正式了，太久停了，太嚴肅了；有一杯淡淡的綠茶該有多好。

好茶太多了；端坐用心的飲，也太經歷了；卻是好的地方與口渴的時刻，方是最難得。白居易謂「老來齒衰嫌桔酸，病來肺渴覺茶香」，蘇東坡謂「酒困路長惟欲睡，日高人渴漫思茶」，便是要能覓得對茶嚮往的渴時渴地也。

便因飲茶，須得燒爐水，整杯盞，蘊壺溫，投葉片，斟熱湯，徐候由燙至溫，方能一口一口啜它；形格勢禁的放慢了獲得飲料之速度，不似孩子自球場或嬉戲後乍然取水之牛飲猛傾，這也助益了我人對事物之不即取得的緩慢等待涵養，也無形中幫助了我們少一點追逐效率，甚至可說是，一天中少做了許多事。噫，吾人一天中所做事何多也，一生中所做事又何多也。

（刊二〇〇二年六月《誠品好讀》）

睡覺

一個十多歲的初中孩子坐在台灣夏日午後的教室裏，室外是懶懶的炎陽與偶有的不甚甘願拂來的南風，室內是老師的喃喃課語，此一刻也，倘他不會昏昏欲睡，那麼他不是個健康簡單的小孩。

春天不是讀書天　夏日炎炎正好眠　秋去淒涼冬又冷　收拾書包好過年

做小孩子時，大家都必知的一首歪詩，卻又是最最不自禁歌頌了「睡懶覺」美事的經典曠達句子。

便因熟睡，許多要緊事竟給睡過了頭，耽誤了。然世上又有哪一件事是眞那麼要緊呢？

便就是要將之睡過頭。

須知正因爲睡，恰恰可以道出世上原本無一事恁的重要。

舊小說中的那首小詩「大夢誰先覺，平生我自知。草堂春睡足，窗外日遲遲。」或說的是管他外間有何大發生，我且自管我睡。而愈是粗陋地方，如草堂，愈是教人好睡。也於是稻草堆，容易呼呼大睡；搖晃火車上，教人愈搖愈要睡；老師喃喃自語的課堂上，學子怎能不睡。且看和衣靠坐著，一會兒竟自睡去；倘換就睡衣，平躺床上，卻睡不著了。許多人電視還開著，已打起呼來；你去把它關上，他卻醒了。

可見在粗陋處，好睡。人能甘於粗陋，更好睡。

睡覺之妙，居然也在於無心插柳。

看來，人要去追尋某種不刻意，以獲得一份如天賜的好睡眠，隱隱說明了福分之難。

好的睡眠，或說深熟至極的睡眠，如同是一趟大規模的旅行，行完後，完全改變了原先的狀態；精神上的與形體上的。且看有的人熟睡時，有時還大聲放屁，聲音大到隔房都聽得到，而他猶自顧打呼。睡醒時，整個人三百六十度的換了位置，整個世界他環遊了一圈。可以假想一個故事：王子離開宮殿出來流浪，外間太新奇，太寬大了，他遊玩累到躺在樹下睡著了。睡著睡著，太舒服了，有好人要叫他也叫不醒，太香甜了。有壞人去偷他的行囊及盤纏他也不醒，太酣熟了。最後有乞丐一件件的脫去他的華麗衣袍，他還不醒。乞丐索性再將自己的身上襤褸換穿到王子身上，他仍不醒。所有的人都走了。不知過了多少多少辰光，他醒了，好大好長的一覺（其非Chandler的小說名？既是The Big Sleep又是The Long Goodbye）！他看看四周，多麼燦爛的世界，鳥也叫了花也香了；自己，多瀟灑的裝束，多漂亮的模樣；他已然是全新的一個人，沒有什麼不必要的從前。不知道自己從哪裏來，也不顧慮自己要往哪裏去，因爲天地之間便是當下如此的美麗。

睡，使得原先驚心動魄之情境得以暫且斬斷。逃難中，適才敵人砲火險生，現下避於水旁葦叢裏，動亦不敢動，大氣亦不敢呼一口，屈縮著，熬著，終至累得睡去。不知多少辰光過去，待醒轉，天淨沙空，宛如原先不曾有任何事發生一般。海上遇暴風雨，驚濤巨浪，水手全數搶著護桅保帆，救此援彼；黑夜中，一忽兒浪高到幾十丈外的天頂，一忽兒又乍降至幾十丈下之深底地獄，整艘大船便只如一小木片，人渺小到完全不能妄動，只是聽任天地的拋來丟去。每個水手早已筋疲力竭，只能緊緊抱住手邊任何固定的柱條、索幹，終至慢慢昏死過去。不知過了多少辰光，醒轉了，天青風定，海面平匀得連一絲波紋亦無，整整如一大片鏡子。何等寧靜，宛如先前不曾發生過任何事一般。再可怕的事，睡覺也能令之訣別。

再可悲傷之事，睡覺亦能令之暫訣。親人棄世，家中衆人在靈堂做法事，做一陣，思及親人，哭了。繼又一陣，又哭了。一會兒大姊哭泣，一會兒小弟也拭起眼淚。五個鐘頭十個鐘頭過去，泣泣停停不知多少回，夜深了，哭也哭乏到必須睡了。

小孩骨頭發賤，吵鬧不休，終弄到父母一頓好打，哭了，號了；哭著哭著，聲音由大變小，累了，睡著了。待得醒來，全忘了先前自己種種，只覺萬事篤平，管自己想注玩什麼就注玩什麼。

即使是大人，若能讓自己哭，當是睡眠最好的良藥。但如何能哭呢?最好是看感人的電影。

此種可教人落淚的電影，不知是時代的關係或什麼，已然多年遇不上了。

用藥提癮（tripping），人在高昂處，或隨音樂幻思，或隨光影虛遊，如此可推走八小時、十小時、十八小時；必得最後躺下好好睡一大睡，方能與先前的迷幻狀態切離。

隔絕之必要。

所以要睡。以與前日分開。暫別也。而醒後又各事萬物得有新意。吃了LSD後所得八或十小時之迷幻，將人帶至渺渺冥冥之境，然竟要奔至何方？終也需泊岸不是嗎？最後惟有一睡，方是盡處。

所以要老。以與歲月隔絕，以顯示少年時與今之不同，而見出距離遙遠後之美。

所以要在車站分手。各奔自家途程。如何可以長相廝守？亦不宜長相廝守。

所以要留著老家的閣樓。每隔很久回去，登上樓，撥開蛛網，翻箱倒櫃，舊時相片、老銅板皆令人神思遠盪。

曾經想過在小說中可用這樣一句子：「睡一個長覺，睡到錶都停了。」

有一種經驗，已太久沒再發生了，有可能這輩子也再不可或得，便是：一睡下去，才覺得只過了半小時，就醒來了，然而事實上已滿八小時。

這是多麼美的狀態，惟孩童時方能獲擁。悲夫，老矣。

（刊二〇〇三年十月號《印刻》）

玩古最癡，玩古何幸

年前於中壢雲南聚落嘗小吃，見一人家門聯，「四季有花春富貴；一生無事小神仙」，讀之佇步，悠然神往。噫，一生無事，千萬人中，得一人乎？

人一生奔忙何者？來來往往，汲汲營營，不可稍停。但有一歇腳處，即樹下石旁，便感無限清涼，眞不願立然就道，心忖：再賴一會兒多好。多半之人不久又登途，續往前行。此中若有於其人生一瞬稍作停思者，不免興出好些個零瑣念頭。

便這等零瑣雜念，積存胸中，時深月久，揮發成某種從事，其中一項，謂之玩古。

倏忽已是二十一世紀，國人積前數十年勤奮業作，社會稱富，好古者更加樂於擁物。三五月夜，良朋來家，出酒治菜，把杯言歡。大暢酣飽，隨又上茶。茶過數盅，延至另室，開箱取物，展看己所珍藏，摩弄研討，斷朝代，道興廢，眞樂之至矣。

大凡人之沉浸古器，隱隱然有其先天前世召喚之不得不之勢，一旦觸探，便深牽繫入之。如言天性，不待學而知、知而喜、喜而癡迷也。好古，亦隱有拋斬世腥棄絕繁華之志，偶於几前摩賞，但覺古硯解語、梅瓶知心也。

社會既富，傖俗之人蒐買古物不免以之妝點家廳，以之炫誇朋友，以之應酬賓客，甚而以之儲値保財也。清雅之人博看詳討，爲蒐得一器，愛不釋手；雨破天青，邢越汝定，雖由人造，終成天物，常自詡爲解人，大有人生得一知己足矣之慨。以古器映照自家品味，而自己原是此器之知音，便他人蓄此，亦是不得正主。其癡概有如此。

俗雅二者之玩古，相異固如是；然愛其斑斕錦繡、年浸月淬之古氣舊趣美致，則其一也。

玩古最賴有癡。癡者原不乏，苛惡社會桎枷了他；癡者原多有，窮狠世界障蔽了他。癡者固有，於玩古最見其極；嘗見有人每於靜夜，心神俱閒，取古器於櫥籠，一一陳列几榻，展之觀之不足，繼以手握之，指甲輕摳之，放大鏡窺覘之，張口呵潤之；隨又重新排陣，如校閱兵士，看一回，嘆讚一回；燃香菸吸吐，神往也；取檳榔嚼咬，發高昂情也；斟茶湯漱呑，解渴熱也；更有篩烈酒下喉，盡酣肆之心也；播放搖滾音樂，振其波盪不盡淋漓快意也。當此一刻，顧盼生姿，游心太玄，塵土肚腸爲之浣盡。所列諸器，其年代固稱宋元明清，然於他，不過與古人通聲氣耳。此以一人與諸器訂交，但求遨遊古人大塊也。遇閱古甚廣者，可徹夜談；若對傖父，何妨珍秘不出。其癡也如此。

人之大患，在於有我；上天有好生之德，遂發派我人奔忙庸碌於外間萬務，使之得一忘我。世務紛紜，人之心神終要覓一棲息處，否之空空渺渺，最是難堪，大有不可如何之日深嘆。當此時者，最宜也玩古。佳友往還，古籍映求，須得有他；長日清談，寒宵兀坐，亦賴有他。賞心也，瀹性也。而玩古者，最宜也喪志。不喪志，何知有志？有志而不偶喪，不可確此志之當否固立。

值此腥風穢雨濁世，則癡人愈發要癡，愈發要抱殘守缺。不癡若何，莫非有益。有益復何？終做了無益之事。

（刊二〇〇四年六月七日中時「人間」）

癮

不抽菸了。倒不是菸這樣東西危害健康，實是不想沒事動不動就念及它、動不動就非得碰碰它、動不動就先點燃上一支再議其他事體等等這種弄到與它相依存的其實完全無必要的窘境。

就像有些小孩，凡沒事，就想手撈「乖乖」這類香脆食物的那種我看去已感心驚的狀態。他常常一吃吃一桶。

也有人，凡飲液體，便是Coke。常常一喝三、四罐。他甚至撥開鐵環的「噗哧」

聲，也必須常不離耳際。

連音效也可能成癮。

這種事我眞的懂，且看有時在朋友家中偶嗑瓜子，我也是不停的吃，想想似也夠了，卻又不自禁又很儉約的輕輕抓了一小把，潛意識裏好像以爲稍稍再嚼幾下便可收口，結果又吃出另一堆殼山。

吃葡萄乾也是，吃著吃著，突覺這麼甜的東西應該要停手吧，好，再挑取最後幾顆嚼嚼便停，結果又在肚子裏放進了幾十顆，心裏一陣嫌惡的把桶子推遠，甚至將它放到家中僻遠角落。這造成我後來再也不敢在家中置買此物。

人爲什麼會有慣性動作？而又爲什麼一逕延續這種動作而脫不了身？莫非人喜歡熟悉？是了，文明指的就是這個。人要一直因循熟識，以至漸漸弄成規律，也同時形成了癮。

在戒菸前，早想過另一事，戒咖啡。但我想戒的不是咖啡本身，是戒掉「坐咖啡館」

這件習慣。咖啡這樣東西不是問題，不是考慮咖啡因或某些健康的因素；是爲了想斬卻沒事就進咖啡館這樁生活。主要我壓根不需要這種生活。尤其我平日總是走來走去，若是動不動便提醒自己：「是不是該到咖啡館坐一坐啦？」最是傷害簡略卻又豐潤的生活。我去咖啡館幹嘛？其實只是逃避。逃避任何可做之事或有些必做之事。逃避也沒關係，坐在樹下逃避或蒙著被子躺家床上逃避都好，幹嘛跑到咖啡館？

我曾愛在聊天或寫稿中備讚有些遊經的山村，用的句子大約像是「這裏的村民幾百年來不知道什麼叫咖啡，也一輩子沒喝過一杯咖啡」來吐露出我無盡的羨戀。而今，不敢說自己能達簡樸之境，但生活上太可拋忘之物事的是頗有，咖啡絕對是。它令我太像假都市人。

很多自然而然形成的生活，如沒用冷氣，如忘了有百貨公司（不知有多少年沒逛過百貨公司了，他們說的SOGO像是出口極順，我亦不時走經，奇怪，總是忘了走進去），如不曾看舞台表演活動（兩廳院之設立於我完全派不上用場），如士林夜市我亦三十年來只去過一或兩次等等，使我已不甚像城市人，那麼何必再去弄上一樁「上咖啡館」

的假城市人行爲呢？

乃我忘了有那種生活。

現在尤其稍有一點歲數了，我更高興居然能忘了不少的生活。似乎有這麼一種狀況，少掉的生活項目愈多，愈是沒有寂寞的感覺。這就像愈是時時在回手機、查看手機玩手機的人，愈可能最是寂寞道理一般。

主要在於甘心放棄。放棄那一種生活。

要在每日醒著的十幾小時裏少掉了那一件事。豈不見有人連消夜也終要弄得去戒；乃吃消夜也委實成了一種癮。

故戒菸，不是說菸的好不好、健康不健康而已，是壓根兒把它從頭忘掉。譬似小孩子不抽菸，並不是因爲考慮健康或不健康，他並不意識到大人在抽菸，他根本還沒發展出這個概念；我便是要設法回到小孩時的階段。故當人們問我，「我們在你旁邊抽菸會不會吸引你想抽？」我說：「奇怪，我都沒注意到呢。」乃我已忘掉了這種生活。

再就是戒熬夜。因爲生活太沒有歸宿，於是便無所謂家，終至弄到不必回家了。那麼深夜仍在茫茫蕩蕩的尋覓，尋覓那不必尋得之空無。便這樣，晚上不忙著睡覺似乎極是自然。自然到二十多年來皆如此，噫，豈不可怕。

然近日感到一點意思也沒有了。事實上，熬夜早就不供應有感覺的生活已太久太久了，只是自己不想去檢視罷了。人爲何要在今日先支用明日的時間？今日事今日畢，原本就該令12點是宵禁時刻，所有事皆須在此之前了卻，明日事明天一大早起床再辦。然後明日亦有明日的宵禁，絕不預支後日的時間。

有人問從不熬夜的人：「你是怎麼辦得到不熬夜的？」不熬夜者說：我只是把深夜放棄掉，爲了保有更多的早上。很簡單，只要放棄甲件，乙件便是你的。

你放棄了先前的所愛，便比較可以擁有新來的愛。

放棄某種生活，其實有不少事我早便在做了。例如看電視球賽。我自年輕時便絕不看，人家在打，而我在旁邊看，這不太是我的習慣；尤其還隔著一片玻璃框鏡，何苦呢？再者，乃我覺得這種嗜好太奢侈。尤其我已不怎麼幹正事，當然更不敢教自己多增這種享受。

同理，我已二十年不看武俠小說。

也不看雜誌。不惟不看消閒雜誌，也不看所謂的正經雜誌。不但不會買來看，即使坐店吃東西或理髮，也不順手取來翻看。

亦不看報紙、電視。報紙太厚，電視太爛。主要是人在家中實在已不堪再加入這兩樣東西。「人在家中」四字代表家中一天生活時光已很拮据，如何還容得下這些屁事？我常說，回到家裏就該只是洗澡睡覺大便，哪還會有時間弄別的？要知道電視上所報的時事，在店裏吃便當時抬頭幾分鐘便全得悉，哪值得在家裏大張旗鼓的裝上cable來看？要喝咖啡，到店裏叫一杯來喝便是，哪裏需要買備各種器材自烹慢酌？要看電影，到戲院看便是，哪裏需要在家中一片接著一片DVD往下看，那還得了！豈不昏天暗地？

眞的，在家裏就只能洗澡睡覺大便；若再有一點多的時間，也不過是等洗澡等睡覺等大便罷了。那些自認能在家中做更多文化、消閒享樂事如看報看DVD煮咖啡的人，或許正是把睡覺、大便、洗澡的時間弄到不足的人。

你以爲家多偉大，什麼home, sweet home，但它只能容你做沒幾件事情。眞是如此。你怎麼敢還以之放萬冊書、擱四十雙鞋、塡滿了家具呢？君不見，你眞正能使用的，只是蕭然四壁的那個家而已。

莫非這便是人對自由之取捨。

譬似戒菸，有人謂很難；那或許是太久太久沒嘗受眞正的自由。

倘眞正自由慣了，壓根不會去埋頭追逐某一種很特殊狹窄的口味。

就像很習於自由之人也不會東張西望四處去找是哪一個製造出的二手菸。他有一種無知的糊塗。

有味道的東西，易教人上癮。有特殊味道（有時甚而不能算是美味，像菸這麼辣，酒這麼嗆）的東西，更可能久而久之後教人上癮。而有樣東西，比較算是沒味道，似乎不會叫人上癮；什麼？水。

太多人愛水了，也會稱讚它的淡而甘美又雋永的味道，是的，但將之倒入喉嚨總是自然的量，不會一喝喝三四罐。

於是有人甚至說：「我想討一個老婆，最好她像水一樣，我必須喝，但怎麼也不會上癮。」

有沒有人喝水上癮的？或許也有。我的一個朋友，每次碰面都見他拎著一瓶礦泉水。當要進電影院了，或大型公園時，他說：「等一下，我去買瓶水。」哦，是了，他不是對水的味道有癮，而是對隨時提防脫水或避免渴意這種「精神憂懼」產生了累積的癮。因他雖拎著水，卻不怎麼喝；偶爾抿一下，也只淺淺一口，如同潤唇。

所以他凡要去距離便利商店稍遠之地（如公園）或稍久之時（如看電影），他便先要將水買備。

哦，如此說來，莫非他已然對距便利商店稍微遠一點的地方都不禁有一襲不安全感嗎？

難怪我與他約在咖啡館時，他入座後，那瓶水擱桌上，自然不用喝；更奇怪的，店裏的水他亦喝得不多。故他的安全感問題，不是對水，而更可能是對地方。是抽象的。亦即，若此地猶處文明（咖啡館。有水源之地），則我不自備物資；若此地處於荒野（電影院。須有一段時間與外隔絕），則我還是自備救急解厄之物爲宜。

其實，常常手拎一瓶水的人，還蠻多的。身邊你隨便計算一下，便有不少。

（刊二〇〇五年四月號《聯合文學》）

十年目睹之怪現狀

○被捕的嫌犯懂得以衣、以手遮面。

○高中生書包之好以鄙俗書法繡寫野陋古體詩句或武俠意象。不自禁以荒蕪的現代來追溯不存在的古代。

○棗紅色的鐵皮屋頂無所不在。隱隱有要成爲日後的惟一屋頂材質之勢。

○「美×美」這種台式自創的修改版野意三明治及快速成形米漿、奶茶的早餐店竟然大行其道。

○砂石車，不知何故，極易碾死人。

○凡公園必修一段「健康步道」。

○泡沫紅茶店或35元咖啡店常聚集著邊打牌邊等取及等送簽證的旅行社小弟。

○國片工業完全萎縮，好萊塢片與日產荒誕話題片則大受歡迎。不啻是整個世界追求同質性之一斑。

○台灣是全世界唱盤放棄最快、最全面的地區。

○也是飼料雞、飼料蝦、飼料豬，飼料虱目魚及飼料胖小孩急起直追最有成效的國家。

○中學小學門口在放學時等著成群的爸媽、爺爺奶奶與菲傭，以及他們的各式交通工具。

○檳榔西施。公路奇景。

○書的封面喜登作者照片。且常是穿戴鮮亮、刻意打理過的儀態。

○有一段時間，安非他命突的一下增多；而又有一段時間，咖啡店突然瘋狂般的連鎖開了起來。

○寫眞集，女藝人的副產品。眞者，肉也。

○青少年不帶表情的說出一句「是哦」，做爲無可無不可的接腔。

○也愛每兩三句話就加一句「對啊」，如同斷句。且是自說自話，並非接腔。

○佛教事業之大興大盛。且各派俱皆是新派。電視上各有節目，各派講道各成其理。

○星座之談趣於茶餘飯後，論析於書籍電視，幾成全民的命理常識。

○紅葡萄酒披靡全台，致增多了一些詞語，「滿順的」「口感不錯」云云。

○「休閒」一詞，受人無處不用，「休閒用品」、「休閒服」、「看起來很休閒」。

○素食自助餐館與人行地下道播放的新派庸俗版佛教音樂。有時將「南無阿彌陀佛」六字反覆輪唱。夠猛。

○有一陣子，「狗不理」包子店突的一下開了多家，又有一陣子輪到鍋貼店。近一陣子，「快可立」式的快速飲料店（以機器封閉軟蓋）狂開了起來。

○有一陣子盛行水晶調修磁場治病，有一陣子流行收藏台灣民藝家具。

○「旅行」，成爲出版的一種門類。報紙及電視談到旅行，如同是一時尙。

○儘管快速食物極多，泡麵之奇高消耗量仍屹立不搖。

○減肥行業猛然勃興。往往取代房地產在報上大登廣告，而成後起之主。

○綜藝節目匠心巧思，又臻高峰。主持人妙語如珠，即瞎掰亦常致天成之趣，已是語言開口節目之高度成熟，賀一航、胡瓜、陶晶瑩、吳宗憲、許效舜各擅其勝，各領風騷一時。

○連續劇又復受人喜好。往往愈是陳腔濫調、舊戲重製，愈有圍觀之衆，如武俠小說之改編又改編者，如包青天本事等。

○福州胡椒餅與所謂的「傻瓜乾麵」又復興了。

○佛經重刊及講道書籍散放公用電話機上，隨人取閱。

○男扮女裝，所謂反串秀，頗成氣候，無人視爲忤，可稱如魚得水。

○咖啡店、西餐廳的廁所裝設一種定時會噴射化學芳香劑的機制，甚至戲院有的也如此。委實恐怖。計程車也如此。

○言情小說又復甦了，且多是少女作家。

○年輕人常見抱狗逛街者。

○青少年自殺頗多。

○警察以警槍自殺亦頗有。

○到處見有計程車停下睡覺者。

○政治人物的傳記，出版既多且快。常喜出以秘辛體。

○收音機節目又復甦。

○連鎖書店開之又開。

○原本台北已是世界近視眼的首都，是補習班的首都，是摩托車的首都，是瓷磚牆面的首都，是牙醫診所的首都；如今更是KTV的首都，保麗龍首都，免洗筷首都，亦是便利商店密度最高，吃便當的人口密度最高、冷氣機開啓時間最長，又是泰緬餐廳突然登陸最快，拉麵、bagel突然登陸最快的城市。

（刊二〇〇〇年二月二十四日中時「人間」）

紐奧良的咖啡

紐奧良（New Orleans），美國南方最具風華的名城，法蘭克·諾瑞斯（Frank Norris，美國自然主義小說家）聲稱的美國僅有的三大城（其餘二大自是紐約與舊金山）之一；是偉大的密西西比河的出海口，是法國人與西班牙人共同生育下來、再由美國奶水餵大的孩子。它雖身處南方沼澤溼熱低地，幾百年來一逕閃著澄澄金光，不理蟲蟻、不避蔓藤，高立其上。

紐奧良這南方花都，自有其成名之處，像馬迪葛拉（Mardi Gras，懺悔的星期二）嘉年華會的化妝遊行，可使整條運河街（Canal Street，傳統認爲全美國最寬的一條路）

萬人空巷。像克里奧耳（Creole）菜餚，令各地的美食家垂涎不止。像城中的古墓園、鑄鐵雕花小陽台、曲幽的後院天井，在在令人流連，或駐足停憩，或留影誌念。是的，它是昔日所謂的「尋樂城」（gay city），總讓人追求那好時光（good time）。且撇開它永不止歇的爵士樂、格局小巧的旅館、路上的畫家與踢踏舞者等早已爲人耳熟能詳的諸多好處，不妨只談談紐奧良最平實、最起碼的日常享受——咖啡。

喝咖啡最負盛名的代表區，當是臨著密西西比河濱的「法國市場」（French Market）。當年由中南美洲進口的咖啡豆在紐奧良港口卸貨後，便運來此地批發或零售。資料顯示紐奧良人每天喝四杯咖啡，是全美平均飲用量的兩倍。紐奧良人喝咖啡，還講究佐食，通常是甜點。自十九世紀中葉以來，咖啡佐食也有不同的流行。

以下這一張簡表，可以看出佐食的變化：

1856年——各式糕餅

1880年——麵包加奶油

1884年——薰肉與青豆

1885年——薄脆餅（wafer），或像咖啡小蛋糕之類的東西

1916年——三塊捲紋油煎餅（three crullers）

1923年——三塊無紋炸圈餅（three doughnuts）

今天——三塊方形貝涅炸餅（three beignets），上灑糖粉

在「法國市場」的頭端，有一家開了一百多年的「世界咖啡館」（Café du Monde），總是座無虛席。一杯咖啡現售七十五分（此一九八四年「世界博覽會」時之價），咖啡送到，即須付錢，帳單在這裏是不用的。「世界咖啡館」也不用菜單，只在牆上掛一小牌，上面只寫著三道食物：咖啡、牛奶、貝涅炸餅。「世界」的咖啡，是所謂的cafe au lait（咖啡加牛奶），咖啡豆焙得比較黑，再混以菊苣（chicory）粉，使之極濃極烈，燒好以後，一半熱咖啡，再加上一半熱牛奶（注意，不是奶油），這就是cafe au lait。這裏的貝涅炸餅（beignet，如同方形的doughnut）是熱的，上面滿佈糖粉，往往我們在埋頭進食一陣後再抬起頭，常見鄰座有三兩人唇上或髭鬚上沾著白雪花，這時才很警惕的在自己嘴上抹抹。「世界」是二十四小時營業的，有一點像台北永和的豆漿

店；我們每次在「法國胡同」（French Quarter）飲酒至夜深，總會在回家前去咖啡館逗留一下，算是吃消夜。這種生活也很像從前在紐約的格林尼契村（Greenwich Village）聽完爵士樂後乘計程車至唐人街的「新樂記酒家」吃黑蜆煲作為臨睡前的消夜點心。談到這裏，總不禁為自己過了多年夜貓子生活有些微感傷；良夜不用來早早安歇，是有些暴殄天物的意味。無論如何，紐奧良的夜晚是多采多姿的，讓人不忍離異。

除「世界」外，另有一家原在「法國胡同」名聞遐邇的老店「Morning Call」，三十年代兩個小說家福克納與休伍．安德森（Sherwood Anderson）常一早在此不期而遇，喝上一杯咖啡，講個幾句話，兩人再各自回返公寓，繼續寫自己的小說。「Morning Call」好些年前搬到郊區Metairie，座落於一個購物中心裏，地址是3325 Severn。這兩家老店仍舊賣的是cafe au lait，佐食的甜點仍然是beignet（長方形的doughnut）。上述兩個店，當然是觀光重點，初抵紐奧良的遊客，不能不嘗嘗這「咖啡加牛奶」。但紐奧良的在地居民，若要上咖啡店，往往會選「法國胡同」裏Chartres街625號的小店「La Marquise」，有很好的蛋糕及croissant。或是到uptown靠近Tulane大學的兩家「P.J's」咖啡店，那裏地方寬敞，可以看書做功課，咖啡也是特調的，有雅皮的味況。至於靠近市立公園（City Park）的Mid City區，也有一家雅皮風格的咖啡店，叫「True Brew」，也是看書的好地方。

一個丰姿綽約的不夜城，必須要有一些金黃色質地的某種東西，才能助其散發溫暖渾醉的永恆光芒。在紐奧良，咖啡是不能不提的。一八八四年的《史筆一描》書上寫著：「賣咖啡的小販，他們的白襯衫就像大理石桌面一樣的潔白，他們的鈕釦就像瓷杯瓷碟一樣的光亮。」湯瑪士・剛（Thomas Gunn）在一八六三年寫道：「咖啡從精雕的錫罐子裏取出，再由令人炫惑的黃銅水龍頭裏華麗的流灑下來。」詹姆斯・西布里（James Sibley）在一九二三年寫道：「穿著夜禮服的小甜妞與穿著工裝褲的小販相偕而行，還有寡婦們，吃蛋糕的，賭錢的，初初步出閨房的小女郎，計程車司機，以及從世界各角落來的觀光客，大夥龍蛇混雜的處在一起。咖啡、炸圈餅與羅曼史，全部只要一毛錢。」

（刊一九八六年美洲「中報」）

走路

能夠走路，是世上最美之事。何處皆能去得，何樣景致皆能明晰見得。當心中有些微煩悶，腹中有少許不化，放步去走，十分鐘二十分鐘，便漸有些拋去。若再往下而走，愈走愈到了另一境地，終至不惟心中煩悶已除，甚連美景亦一一奔來眼簾。若能自平地走到高山，自年輕走到年老，自東方走到西方，則是何等樣的福分！其間看得的時代興亡人事代謝可有多大的變化。

低頭想事而走，豈不可惜？再重要的事，亦不應過度思慮，至少別在走路時悶著頭去想。走路便該觀看風景；路人的奔碌，牆頭的垂花，巷子的曲歪，陽台的曬衣，風颳掉某人的帽子在地上滾跑，兩輛車面對面的突然「軋」的一聲煞住，全可是走路時的風景；更別說山上奇峰的聳立、雨後的野瀑、山腰槎出的虬樹等原本恆存於各地的絕景。

人能生得兩腿，不只為了從甲地趕往乙地，更是為了途中。

途中風景之佳與不佳，便道出了人命運之好與不好。好比張三一輩子皆看得好景，而李四一輩子皆在惡景中度過。人之境遇確有如此。你欲看得好風景，便需有選擇這途中的自由。原本人皆有的，只是太多人為了錢或其他一些東西把這自由給交換掉了。

即此一點，我亦是近年才得知。雖我年輕時也愛多走胡走，卻只是糊塗無意識的走；及近中年，雖已不願將「途中」去換錢，卻也是不經意撞上的。更有一點，橫豎已沒有換錢的籌碼，亦不勞規劃了，索性好好找些路景來下腳，就像找些新鮮蔬菜好好下飯一樣。

倘人連路也不願走，可知他有多高身段，有多高之傲慢。固然我人常說的「懶得走」似乎在於這一懶字，實則此懶字包含了多少的內心不情願，而這隱蘊在內的長期不情願，便是阻礙快樂之最最大病。

欲使這逐日加深的病消除，便該當下開步來走，走往欲去的佳處，走往欲去的美地；如不知何方爲佳美，便說什麼也去尋出問出空想出，而後走向它。

看官莫以爲我提倡走路是強調其運動之好處，不是也。運動固於人有益，卻何需我倡？又運動種類極多，備言走路之佳完全沒必要。

言走路，是言其趣味，非爲言其鍛鍊也。倘走路沒趣，何必硬走。

我能莫名其妙走了那麼多年路，乃它猶好玩也，非我有過人堅忍力也。我今走路，已是遊藝，爲了起床後出外逢撞新奇也，爲了出外覓佳食也，爲了出外探看可能錯過的風景也。乃走路實是一天中做得最多、可能獲樂最多、又幾乎不能不做之一樁活動。除了睡覺及坐下，我都在走路。

走路此一遊戲，亦不需玩伴；與打麻將、下棋、打球皆不同（雖我也愛有玩伴之戲）。一人獨走，眼睛在忙，全不寂寞也。走路亦不受制於天光，白天黑夜各有千秋。有的城市白天太熱太吵，夜行便是。

走路甚至不受制於氣候。下雨天我更常為淋雨而出門。家雖有傘，實少取用。

放眼看去，何處不是走路的人？然又有多少是好好的在走路？有的低頭彎背直往前奔，跌跌撞撞。有的東搖西晃像其踩地土不是受制自己而是在受制於風浪的危舟甲板。太多太多的年輕女孩其踢踩高跟鞋之不情願，如同有無盡止的埋怨。前人說的「路上只兩種人，一種為名，一種為利」，或正是指走相不怡不悅的路人。「渾渾噩噩」一詞莫非最能言傳大夥的走姿。

固然人的步姿亦不免得自父母的遺傳，此由許多人的父母相參可見；然自己矢意要直腰開步，當亦能走出海闊天空的好步子。

我因脊椎彎曲，走路顯得有點「長短腳」。而我發現此事，人都已經四十多歲了，心想，走路走了半輩子，居然從沒感覺自己走姿不完美的那份辛苦，而且還那麼肆無忌憚的狂走胡走。

有時見人體態生得勻整，走起路來極富韻律，又好看，又提步輕鬆，委實心生羨慕。心道，若他走路，可走幾十里也不覺累，啊，眞好。

然則，這樣的人未必常在行走。很可能常坐室內，很可能常坐車中。何可惜也。或說，造物何弄人也。

我一直尋找適宜走路之城市。

中國今日的城市，皆未必宜於走路。太大的，不好走；太小的，沒啥路好走。倒是鄉下頗有好路走，桂林、陽朔之間的大埠，小山如筍，平地拔起，如大盆景，在你身邊一椿椿流過，竟如移動之屏風。每行數十步，景致一變。每幾分鐘，已換過多少奇幻畫面。而這樣的佳路，人可以走上好幾小時猶得不盡，還沒提途中的樵夫只不過是點綴而已呢。

香港，太擠，走起來備是辛苦。

歐洲城市，當然最宜步行；雖然大多人仍借助於汽車或地鐵，把走路降至最低。

京都西郊的嵐山，自天龍寺至大覺寺，其間不但可經過野宮神社、常寂光寺、祇王寺、化野念佛寺等勝地，並且沿途村意田色時在眼簾，這五、七小時的閒蕩，人怎麼捨得不步行？

安徽的黃山，亦應緩緩步爬，儘可能不乘纜車。否則不惟略過太多佳景，更且因一轉瞬已在峰頂，誤以爲好景大可以快速獲得又快速瞻仰隨後快速離去者也。此是人生最可嘆惜之誤解。

我因太沒出息，終於只能走路。

常常不知哪兒可去、不知啥事可幹、大有不可如何之日，噫，天涯蒼茫，我發現那當兒我皆在走路。

或許正因爲有路可走，什麼一籌莫展啦一事無成啦等等難堪，便自然顯得不甚嚴重了。

不知是否因為坐不住家，故動不動就出門；出門了，接下來又如何呢？沒什麼一定得去之所，便只能一步步往前走路。有時選一大略方位而去，有時想一定點而去，但實在沒有必需之要，抵那廂，往往待停不了多久，這麼一來，又須繼續再走，終弄到走煩了，方才回家。

處不良域所，我人能做的，惟有走開。枯立候車，愈來愈不確定車是否來，不妨起步而走。在家中愈看原本的良人愈顯出不良，亦只有走開。

走路，亦可令人漸漸遠離原先的處境。走遠了，往往予人異地的感覺。異地是走路的絕佳結果。若你自知恰巧生於不甚佳美的國家、居住於不甚優好的城鄉，受學與工作於不甚滿意的機關，交遊與成家於不甚良品的人群，當更可體會異地之需要，當更有癮癮欲動、往外吸取佳氣之不時望想。這就像小孩子為什麼有時愈玩愈遠、愈遠愈險、愈險愈探、愈探愈心中起怕卻禁不住直欲前走一般。走到了平日不大經過之地，常有採風觀土的新奇之趣，教人眼睛一亮，教人心中原有的一逕鎖繫頓時忽懈了。這是分神之大用。此種去至異地而達臻遺忘原有處境的功效，尚包括身骨鬆軟了，眼光祥和了，肚子不脹氣了，甚至大便的顏色也變得健康了。我常有這種感覺，在異地。

（刊二〇〇五年四月五日中時「人間」）

燒餅

幾乎想說，若不是因爲燒餅及其他三兩樣東西，我是可以住在外國的。

這說的是「黃橋燒餅」。圓形，皮沾芝麻，內裏蔥花油酥。味道很近「蟹殼黃」，但沒蟹殼黃那麼酥膩，個子也比蟹殼黃略大而扁。

多半中國孩子皆熟悉這感覺：一口咬下，飽脹的芝麻在齒礙下迸焦裂脆，香氣瀰溢口涎，混嚼著蔥花的清沖氣與層層麵酥的油潤軟溫，何等神仙完足。

寒冬濛濛之早點渴望，必也燒餅乎！它的香、脆、外酥內潤，其色金黃，其形圓滿，含蔥如翠，若加上瓊汁奶白的一碗豆漿，其非早點之神品！然又人人得而吃之，不論老小，不論皇帝叫化子。吃完了，落在盤裏的芝麻，還用手指一粒粒沾起來吃，不肯棄。

老諺語：「吃燒餅，賠唾沫。」不知是否喻「你還嫌呢！」

燒餅，我幾乎想說它是中國的「國點」。有啥東西能像它這樣老人和小孩都愛吃的？它又是一件窮東西，眞合中國這繁華的窮國家。看它的形體，圓的；看它的顏色，金黃的，不像白米飯如此純白無雜味，太高潔了；也不像綠色蔬菜，太清素了；而紅色果子太甜艷。它又不是非得在桌上吃的食物，可揣在懷裏走長程，南船北馬，餓了，取出冷吃，也眞好。

而燒餅之最最中國，在它的半南不北，既南且北。不像羊肉的土漠之北、油茶的瘴癘西南，那種地域風色鮮明。燒餅實是最宜之南北小吃。

又聯想起，燒餅之最中國，便如棗樹之最中國。以前要訂梅花為國花，這樣高潔意蘊的花做全國普民的國花，實大可不必。至若松樹做中國的國樹，固然蒼勁質樸，然日本也多，也極懂品賞珍惜松姿，韓國也是。又日韓皆是偏北寒國，中國緯度綿長，棗樹則北南皆有，樹姿稀秀，並不自詡高貴，處處皆有，墳崗也長。果實纍多，養人無數。最要者，它有一襲清淡的美，群體的美，平民化的美。

這是題外，再說回燒餅。

現在燒餅攤少了。五、六年前在永和竹林路四十四巷口賣的燒餅，鹼放得太多，餅皮都微微泛青。然三十多年前竹林路口（更近永和路）的燒餅曾是多麼興旺。不過最好吃的，卻是七十年代中期開在對面（單數號碼）巷口（三十九巷之類），只賣下午的那攤。不知幾十年來這幾家相近鋪子互有關聯否？

金山南路一段一五三巷（「阿才的店」巷子）巷口的燒餅攤，如今不做了。原來是一老頭，做的餅極好，八十年代到九十年代中在此，更早幾十年在「陸軍供應司令部」（中正紀念堂前身）外頭賣，再遷來此處，前幾年老頭沒看見了，換成兩個年輕人做，如今全不見了。

還開著的撫遠街三三九號（近日向前移了幾公尺）的早點鋪，前幾年做燒餅的老頭，江蘇阜寧人，所製燒餅極好，還包著些許薑末，除了酥、脆、鬆、潤外，另有微微的辛沖氣，特別提勁。據說這老頭回大陸去了。現在做的是年輕人，味道嘛——對付著吃吧。

也不過幾年工夫，台北的燒餅景竟有恁大變化。

當然我經過濟南路五十九之一號的豆漿店，經過光復南路四一九巷一一〇號那家早點店，甚至我家附近師大路近羅斯福路的「永和豆漿」，仍會買幾個蟹殼黃吃。

燒餅之式微，在於老人的凋零。燒餅之式微，也在於社會之富裕；做燒餅是一樁苦差使，伸手進泥爐，一塊塊往火熱壁上貼，整個台灣幾人願做？

黃橋，屬江蘇泰興縣，在揚州以東、江陰以北，不知是怎樣一個所在，竟以燒餅馳名？相信揚名之地必是南京、上海這類通都大邑，而不是本方本土一如嘉興南湖水菱外人必須至當地方能買得。抑是說，大都市的燒餅鋪多是由黃橋人起開的，一如溫州餛飩？

近讀鹽城人沈琢之（沈亞東）文集。沈於民十八（一九二九）任泰興縣公安局黃橋第一分局長，書中所憶，雖不及燒餅，然敘黃橋面積之廣闊、市井之富庶、旅社之華麗、澡堂之宏敞等，堪稱甲於全江蘇省；至若飲食，沈氏只提二事：一、此地嗜吃河豚。二、黃橋之醋極佳，沈謂「遠非人所稱道之鎭江醋所可及。即山西陳醋，亦不是過也」。

揚州大少爺，鎭江小老闆；這兩地近代以精麗吃食名，然江北又散逸著粗放的田農生計，似這種兼粗兼細的城鄉之間，不免產生有趣之吃。好多年前讀儀徵包明叔《抗日時期東南敵後》書中引諺「窮宜陵、富丁溝、小小樊川賽揚州」，他日若遊蘇北，這丁溝、樊川、揚州倒是很想一去。

六十年代胡耐安《遯園雜憶》書中有〈王橋燒餅〉一文，這「王橋」是在南京，民國二十一年至二十五年間，位於國府路靠近東方中學。這燒餅的味道，胡氏盛讚不在話下，但最有趣者，是它的貴。一角錢買兩枚。若是夾火腿爲餡，則一角五分錢一枚。以抗戰前物價言，一斤豬肉不過兩角，上夫子廟「六朝居」喝早茶，不過三角錢。可見六十年前就有商家懂得把平民化的東西因手藝佳良而高價販售。

一九九七年中秋在玄武湖舟上賞月，次日匆匆在南京稍作遊覽，竟忘了考察燒餅。整個江蘇省理應有很多燒餅店才是，得俟以另日，不知値得各城各鎮的來它一趟燒餅之旅否？

（刊一九九九年中時「人間」）

瘋迷

年輕時著魔的事物很多。初中時多少人迷籃球，可以一個暑假整整兩個月每天自中午打到將近八點，不理會烈日的灼膚，沒想過無數杯紅茶是否來自生水，不在乎頻頻手指吃蘿蔔乾有什麼大不了。高中時，有人迷上了打拳，連步拳、功力拳、六合拳、十路潭腿先打底子，再練太極、八卦，以及刀劍棍法，弄到臨大考時，多見一手捧書，猶一面俯身壓腿者，或是興起踢它一個旋風腿。武藝，一種中國自來的薰習，小孩子不知從哪裏片簡零星的接收進入他的知解領域。那時候，李小龍電影還沒出現。

也有人迷上了吉他，與習拳者蒐找拳譜一樣到處尋覓曲譜，買不到的還去借來抄。

最瘋的時候，有人從起床後到睡覺前，全在彈。甚至太捨不得放下它，連坐馬桶也要抱著吉他進去。

這類的瘋迷事體極多，在六十年代。一個老友到「新南陽」戲院看二輪的《田園心聲》（*Your Cheating Heart*，喬治．漢彌爾頓飾演鄉村歌王漢克．威廉姆斯的故事），從早上第一場進去，看到晚上十一點出來。以前聽他講這往事時沒想到問吃飯的問題。當然，吃飯不該成為問題，多半一如老年代的慣例，沒吃。

迷上圍棋的，迷上麻將的，迷上撞球的，多的是幾千個小時埋頭在上面，昏天暗地，不知有漢。

瘋迷，主要瘋迷於遊藝，那時候不大見有人瘋迷於讀書。倘有讀書而廢寢忘食，那是看閒書，如武俠小說。

瘋迷於遊藝，看來是起始於幼年與鄰童三五日日嬉戲追逐、捉塘魚丟田泥、玩彈珠打圓牌。至少我是如此。我現在不大有小時吃飯的印象，因爲全心在玩，被叫回家吃飯，心還在外面。廢寢不至於，忘食是必然的。

一天又一天的在田間奔跑叫鬧，一場又一場的鬥牛賽球，這麼的意志與體力完全集中耗放，或許激發腦中某種質素之分泌，如同嗎啡一般，使得孩子的精神頗獲慰足。

不知今日的孩子奔跳足夠否？一心玩鬧埋頭新趣不受空間與吃飯之限能致淋漓滿足否？

人近中年，回想孩提時瘋衝狂竄筋疲力竭種種，略得二事。一是如今精神平定，不懂得鬱悶低迴，自怨自嘆。一是易於浮動，不懂得謹守崗位；譬以看書，遇窗外有個風吹草動，便順勢棄守書案，穿鞋往外而奔。

觀察同儕，亦略見二類。年少時多擅玩泥踢水，無事找事亦成趣者，成家後逗玩小孩滾爬哄趣較能花樣繁多，並且自己也在樂中。年少時篤靜專志者，及長較傾向於工作忙碌、生活規律，每一事皆不敢投注太多時間，包括與家人小孩。遇閒暇，出門旅遊或月下飲酒，往往淺嘗即止。

前者往往選一輕鬆傳統工作，未必十分賣力，有時在辦公室也泡起茶來，閒閒而品。後者在辦公室永遠匆匆緊緊，心中隱然有不甘於一事無成之想。

兩者感知宇宙給予他們的訊息是如此不同。

什麼東西令我今日瘋迷？圍棋嗎？不是。麻將嗎？少打了。兩項皆賴久坐，而今最不耐久坐。打球嗎？不打。體力不繼固是，懶方是眞正原因。唱片少聽，主要是胸中景況不洶湧，外在音符亦難鳴擊也。遑論如少時一遍接一遍反覆聆聽之瘋迷。

只有一事做得最多，蕩步胡遊。這裏走走，那裏逛逛，全不管回家的時間。隨走隨看，未必是尋幽探勝，大街小巷，店廊堤防，皆穿走經過。若開車，常不忙著找定點停下，施施然不知奔往何處。渴了，咖啡店權坐一下；卻一坐一個下午。見書店，進去探看；卻一看四、五小時。偶去到國外，山也遊了水也玩了，竟還不打道回府，停佇在那廂，盤桓張望，不究前途，也不回顧來路。偶抬頭，只見暮靄蒼茫，油然一股客愁，才悔悟該回家了。

然這蕩步胡遊也算一種瘋迷嗎？或許也是。

一事無成，何其高世之況。光景流過，而人只是撈幾尾魚，打一擔柴，走過來，走過去。衷心羨慕這一事無成；然而見暮靄而思歸家，大約離這境界還很遠呢。

（刊一九九九年七月十五日中時「人間」）

台北女子之不嫁

我坐在咖啡館裏，常常發現不少熟面孔，時間久了，仍然不認識他們，但他們的行爲習慣卻逐漸看熟了。

其中不少是女士。她們穿著頗富時代感，卻不故作新潮；有的長相漂亮，卻不刻意張揚她的艷麗一如明星或模特兒；她們中不少人抽菸，似乎是很能享受光陰在煙氣繚繞之際懸浮出的空檔，特別是當她讀了一陣面前的翻譯小說後。咖啡館進門處放的《破周報》與藝文訊息她們並不陌生，卻不必每次進店取看。自她們的背包、背包帶上掛的附飾、選買的手機等用物或可度測其人生取向，以及其人生的迷茫處；而她接聽手機的內容，也約略透出她在這都市中的文化層面，例如她聽一些王菲看很多日劇也看不少藝術電影，而口頭禪中也偶爾帶一兩個無傷大雅的髒字，以求達臻對某些社會人世情態發作她個人意見之酣暢。她們皆很有自我，但當三四人相聚也並不至搶著發言，稱得上頗融入人群。她們確實很安於在此社會中，即使有時獨自一人對著電腦凝神。

她們皆可以有男朋友，也多半有，但不怎麼同坐在這家咖啡店。有時男朋友來了，也坐在她旁邊或她的女友、同學之間，卻仍不怎麼見出這男士於她的任何主導性。反正，他只是稱謂上叫做「男朋友」。能在這稱謂上待多長久，看他的造化。

這樣的女孩子，十年前即已極多，率性灑落、自在自主；事實上台灣一向多得是這樣的好命女權女性。而十年後，咖啡館依然見到她們，依然年輕，二十五歲的如今只是三十五歲；依然更世故率性了，三十歲的如今四十歲了。她們仍然沒結婚。

這樣的女子，台北極多。咖啡館只是最粗略的一個觀看站；捷運車廂、辦公室、報社出版社的編輯部、廣告公司的企劃部、唱片公司的宣傳、小劇場、獨立製片的⋯⋯更是無所不見。她們愈不需服膺絕對的價值，就愈有更大的可能不必結婚。倒不是她們長得不甚漂亮以致沒嫁成；事實上相貌平庸的往往最早結成婚，且去菜場一逛便知，而林青霞則嫁人嫁得多晚。而菜場婦女與林青霞皆正好不是此處討論「不嫁的女子」的主客觀現狀，她們兩者皆猶在傳統的範疇內，猶頗單純，一如大陸中型以下城鄉婦女之情況。

今日台北女子則早已太過自由、太過天寬地闊，以致不免迷茫。且看那些太過小家碧玉的嬌弱小女，要以媽媽看女婿的眼光來找男朋友的，當然不是這裏說的範圍。而大家族大財團之兒女聯姻，亦不是。比較不囿於社會條件（台灣無階級、無貧富懸殊，這一層之民最屬大宗）的自由之衆方有人海茫茫之嘆。

也於是念了大學的，已可能不利於早結成婚；念了研究所，更增困難；出國再念兩年書的，更難。讀過現代小說，看過幾百部藝術電影，加深了心靈世界的天地後，對於一加一等於二的現實世界顯然呈現不同的計較。

以上泛泛的說了一個通象，實則每一個體有其獨特例子；而其最本質的課題終究是：男主角在哪裏？

女子的視野越開闊，則台北的好男孩愈發顯得模糊。而與甲女最冤家相逢的乙男尚未出現前，她的心中其實很篤定的知道她不忙著找次檔的。乃她對自己很自知。她會說：「拜託，他是那種會爲了五塊錢而改訂另一份報紙的人，別鬧了。」而她心中仰慕的社會賢俊，眞也只是仰慕，未必妄想有朝一日他離了婚我便以身相許。台北的文明狀態原就很好。看官若在許多公司行號曾經看過不少女職員望看她主管的眼神，當可知悉我所謂的這種仰慕。

亦有感到實在年歲漸大、光陰不待的女子，看看找不到良人了，但說什麼也要趁生理猶允許之時懷孕生小孩，便借種生子，好歹也至少令自己做得成媽媽，發作得成對兒女的深深母愛。這樣的沒有父親之小家庭近日頗多，亦頗和樂。朋友間見到這小孩，更是會特別與他講話與他玩，逗他哄他，算是善盡自己的社會責任。更有趣的，通常這樣的小孩——男孩或女孩，尤其是女孩——皆極會講話，甚至用詞的語氣比電視劇中的還更有表情。可知媽媽對他的呵護之深。

文化水平較高、自主之念較多、都會生活浸潤較豐的女性，即使後來結成婚了，其實和丈夫也是各管各的生活、工作。往往忙的時候互相碰不在一起，閒的時候也各找各的哥兒們、姊妹淘談心玩樂；周末丈夫打電話給她，她說：「我正和Peggy、Rita、心怡她們在喝紅酒、抽大麻——嗨，大概總要弄到天亮吧。」她們的狀態，其實和婚前一般自由。而她們的獨力面對人生與時而有的亙古寂寞，也並不因家中多了個男人而有何不同。深夜回家照樣叫無線電計程車，照樣不煩勞丈夫來接。

台北的父母只要更開明（不時時刺探兒女，不夜夜在家等門），社會更寬容（原已極寬懷，即同性戀在台灣便最自在不受歧視），精神文明更富足（令年輕人自小便可在太多場域徜徉其心靈而不需像五十年前祖母要忙著幫人洗衣服補貼家用或汲汲於組織家庭之迫切也）等，則不管女子美不美，她皆有更大可能結不成婚。此為自由予人之飄忽也。時勢使然。如此一來，台北應該是愈發進步了，的確也是；然而文明的後遺症有時硬是有其荒謬性，除非改變文明的現狀；故有些女子最終近乎只能與外國人論及婚嫁，甚而有嫁到北京或成都的，也皆成了，亦常圓滿。倘她們仍坐在咖啡館，日復一日享受著也耗使著無盡的社會一逕釋給的自在，或許她們仍會是那麼的可愛有風格，那麼的是她們姊妹淘最好的同伴，那麼的是台北怡然有致之城市佳景，卻又不免略顯哀愁的教人擔心下一個十年仍會在咖啡館曾見她們孤單的身影。

（刊二〇〇三年九月號《印刻》）

北京一日

早上十點，在附近施工打樁聲中朦朧醒來。茶房來敲門，言我所付房費只到今日，問還住否；回以續住數日，隨即再繳五日房錢，六百元。此是外國留學生宿舍，我蒙教授介紹來此，可按一日120元人民幣入住收費，算是便宜，惟浴廁公用，床單亦不每日換洗，我圖省錢，安之若素。

飽遊了北地山川，太行山、五台山、恆山、燕山之後回抵北京，很想過一天北京的小日子，哪兒也不特別去，只是信步胡遊。此處爲王府井，最是熱鬧，在老店「餛飩侯」

（東安門大街11號）吃了一碗鮮肉餛飩，兩個黃橋燒餅，六元五角，眞平民化，難怪座無虛席。

勞動人民文化宮，原爲昔年太廟，觀光客對它還看不上眼，我去本爲看人早上打拳，乃東單、西單所夾的胡同裏的老練家子或會聚此，然已近中午，打拳者想早散了。不想一進門，正逢著「'99北京書市」，人山人海，各出版社皆有攤位，有人喊著「一塊錢一本！」恰看到中國電影出版社在甩賣（拋售）《卓別林的一生》（喬治‧薩杜著），正是一本一元。一排排一列列的書攤棚子旁，各有幾個賣「盒飯」（便當）的，十元，任選四樣菜，由鋁筒裏打進你的保麗龍盒，吃的人也多，四處座上、樹下皆是手捧一盒在吃，有如園遊會。

穿過天安門，到西面的中山公園，三十年代最受北京文人學者所頻提，說什麼在北京最好的莫過是到公園，進公園最好的莫過是喝茶。當時最有名的茶座是「來今雨軒」，如今仍在，卻已改成飯莊，也還置在西邊。我四處張望，不見有茶座，便問飯莊服務人員，「這兒能喝茶嗎？」「要喝茶？我給您問問去。」便到外頭一叫，來了一個人，對著我打量一下，道：「茶座天冷收起來了，要不您在這兒喝成嗎？」他指著廊道邊的平板欄杆。我說行。他取來一副蓋碗及一個熱水瓶，我便自斟自喝了起來。幾分鐘後，我發現整個庭院只有我一人，安靜極了（此時近三點，飯莊工作人員皆各自休息去了），對著兩株海棠，一地的落葉及三兩顆果子，慢慢喝著茶。想到適才所見多株巨大的古柏，不禁要嘆讚北京有二物最幸福，麻雀與老人；他們都在天一亮便奔赴至最優珍的棲落：古樹叢裏，特別是古柏，尤以天壇最多最大，氣最養人。

因路近，便到北京站預先買下赴濟南的火車票，價73元，五個半小時行程。此爲今日惟一正事。

乘車至三里屯的「酒吧一條街」。街西有整排的外銷成衣攤肆，衣多設計新穎者，Polyester與棉混紡之禦冬夾克與 pull-on（又如毛衣又如軟輕夾克的拉鍊拉至下巴之高領運動便裝）又多又富變化。逛客中北京人與西洋男女俱多，相較下，北京仕女顯得更炫更會打扮，而洋人反顯得土氣不講求。

在街東一家酒吧坐下，叫了一杯咖啡。有人提了小包包自外走進，到我桌前取出一疊不帶外殼，只以玻璃紙包覆碟片及說明紙的ＣＤ，問：「要買盤嗎？」我一邊翻看，一邊聽他們交談口音特殊，詢之，說是來自安徽巢湖。竟千里迢迢至此打工，亦不易也。

見路上不少人理光頭。顯然是一種髮型。尤以青年炫帥者及壯年藝創者（演員、歌手，或文人、藝術家等）爲多。此在幾年前猶不多見。此次的北京，人們早知以昔年北方原有形式再出以新意爲之，不失見地，可喜。

買了包新出的「中南海」香菸，較一般大陸菸爲淡，說是與日本合作，Mild Seven口味，四元，竟比「紅塔山」類雲菸便宜。

街頭隨處見小店賣陶罐裝的酸奶，旅行在外，常提醒自己不忘攝食。北京的酸奶牌子不少，皆調製甚好，即塑膠杯KRAFT牌的亦佳，這方面台灣各廠的「優格」顯得奶酪文化差些。

出門在外，梨子（鴨梨及新疆蜜梨）、棗子、山楂（他們稱「紅果」）皆特意買些攝取，然不可多，即每樣半斤，帶回店房常吃不完。

盤桓日久，維他命丸早已吃完，只好儘量吃飯時多點粗糧，小米粥、玉米貼餅子、高粱米粥、莜麵窩窩這類帶糠帶皮殼之物，自山西已如此。

在東單有攤子賣帶殼的松子，分乾炒與油炒兩種，一斤16元，較香山的8元貴了一倍。

走過「首都劇場」，正演老舍的《茶館》，林兆華導演，門前幾撥人兜售戲票，聲音喧嘩，想是講價還價。

穿經隆福寺街，這裏亦有「中國書店」支店，今日不敢再逛，以免專注出不來。見影院正映張藝謀的《我的父親母親》。

華燈初上，進了一家清眞店，叫了碗「羊蝎子」，實是羊的脊椎骨及其旁的肉，再一個芝麻醬燒餅，已甚飽足。這裏已是美術館東街，索性向北走幾步，到「三聯書店」的二樓網路咖啡店，叫了一杯爪哇咖啡，15元，居然是虹吸式燒法。

如今北京咖啡館多了，人在這城市看書、閒坐、寫稿，或約人談事，已頗具沙龍氣候。

打開筆記本，看著有多日在途中未加記錄。匆匆奔道，十多天恍惚過去，衣褲亦未洗滌，但也不想去管，且自擱下一邊。咖啡喝完，又叫了一杯綠茶。坐著喝茶，永遠嫌喝不夠。時近打烊，我也打了好幾個呵欠，應該蕩回家好好睡個覺了。

（刊一九九九年十一月四日中時「人間」）

不禁遠憶

時日隔久了，地域隔遠了，有時反只想起某事的瑣節之趣之美而淡忘了它主旨的形格勢禁。

我有這個毛病。或許我奔來走去，總把地方弄遠；而無一事停駐很長，總像令年月相距頗久。

若問我現在最懷念什麼，我會說，最憶當兵。每天跟著規定做，皆必有可做之事，什麼事，不重要；不停的做，才重要。天一亮便起來，晚上準時睡覺，每一天都見得著日與夜。每一天都是一——天。雖然天天皆很像，皆同樣是沒有可以寫下的日記。

每個白天都在流汗，即使不是酷暑；每個夜晚都需蓋棉被，即使是酷暑。人一逕待在野外。寓目的都是樹、是草、是土崗，是荒莽，耳聽的是植物摩擦聲、鳥聲、蟲聲，有時還有風聲；沒想它是什麼鳥語草鳴，只純是聲響。看不到什麼報紙，聽不到什麼電視聲。睡覺多打鼾，鄰床打得愈響，你愈睡得熟。而睡眠成爲常態又當然的享受後，往往連白天任一空隙也不禁隨時隨地睡著，且深熟流涎，譬似有睡到即如有偷到一樣愉樂。從來接不到電話，也忘了有這件東西。也忘了有書這回事。太多事是忘拋了的。口袋裏不必放東西；沒有鑰匙，沒有卡片，甚至也可以不放錢。有的，只是你這個人。你似負有很重責職（口誦的軍歌、手持的兵器、肩上的階級、被訓知的主義），實則你不自我擁有，各物忘拋，何等的輕鬆無憂。

凡坐下，常坐石塊或草地，沒考慮褲子會否髒。凡大便，皆與同袍共蹲，不必想羞掩禮遮，而屁股常受和風吹拂。由於每一刻皆排得緊密，當忽然靜定下來，竟是那麼的完滿空無，瞥見牆上的壁虎會盯著看。偶涉眼的一段書報會專注異常，每一字句竟有特殊領會。而熨一件襯衫會何等的慢條斯理、一趟來一趟去的反覆熨，熨至至貼。須知當兵時擦皮鞋會擦得極亮，且是沒天沒地的埋頭在擦，像是服藥後的high。也像是一種六神無主，而又是六神只守一主。

休假出營，頓覺外間世界是如此新奇，每樣事物皆極耐駐足，皆極可欣賞。登上國光號自南部返台北，車行如此寧靜，教人有想不完的事可以構想、奇想、遠想，窗外風景如此新喜如此清美，像是不曾見過它們如此存在過。而四、五小時後車抵台北，你原本歸心似箭，此刻竟要怪它何以駛得這樣急快。

這或許是太久遠的事情了。這一段的久遠，恰好是時代的質地也有大規模的變動。眼下憶起的當兵，往往是身體反應激強的一面；凡喝水，都像是渴極了之後在喝。凡吃飯，皆像是餓了幾天幾夜。並且每頓菜餚，皆非自己預知者；他餵你什麼，你就吃什麼。他是誰？他，一襲當年令你頗受格禁、百般逃避的象徵集合而今日時逝境遷人事遠隔後全然已不理會其厭惡的模糊氣團矣。

（刊二〇〇〇年一月二十日中時「人間」）

再談北方山水

在荒曠處找山水，是爲遊賞北方山水之宜。北境地土迢遼，行路多賴車馬，不靠舟楫。明人袁小修《游居杮錄》中所記種種縱一葦之所如，隨蕩隨泊，以舟作屋，則是「南船」之玩法了。今人遊武夷山，以小舟慢划九曲溪，抬頭轉脖張口盯看奇景羅列，與時更換天然屏風，可謂目不暇給之極例；好則好矣，卻有一點滿桌山珍海味要在一頓飯裏吃完之憾。

過於緊密的經驗，即使絕佳，令人往往刻記不住。逃難中一碗綠豆稀飯常更久存念中。

唐人張文成小說〈遊仙窟〉，場景在今甘肅近青海的積石山，黃河走經。今天遊人學者會去的「炳靈寺石窟」，周圍形勢，當得彷彿。只是今人多以快艇疾行於劉家峽水庫，波濤激濺下抵達，這種自海上望見陡崖石刻，備感驚奇，然途程也忒便捷了些。〈遊仙窟〉開卷謂「嗟運命之迍邅，嘆鄉關之眇邈……日晚途遙，馬疲人乏……向上則有青壁萬尋，直下則有碧潭千仞」，顯然是風塵僕僕的陸路荒行後所見。

積石山在蘭州西南，往河西走廊、往絲路而去的遊人，常因逕奔西北而略過不去。今日群山荒涼，卻又水深岩峭，洵是千秋奇景。山後有山，正發人無限遙想也。

在荒曠空枯上行旅，常能獲得一襲漸近絕景前的隔，如張文成所謂「張騫古跡，千萬里之波濤；夏禹遺蹤，二千年之坂磴」。而日晚途遙，常是感懷奇景的微妙時刻。長程跋涉，步步攀爬，到了高處，最是令人各念俱湧，甚至慷慨欲悲，陳子昂的「念天地之悠悠，獨愴然而淚下」是。

然要有天地悠悠之感，風景應不宜過於燦麗。最好不要「如入山陰道上」。

西安是遊人多去之城，外地觀光客在三五天內遍遊了兵馬俑、華清池、法門寺及城內大小雁塔、清眞寺、碑林等，不知何所收得？

其實關中山水多有可流連者。

于右任二十年代初所寫詩中，多記耀縣五台山（即藥王山。山有五台，曰端應台、起雲台、升仙台、顯雲台、齊天台）及淳化縣的方里鎮等處遊蹤，看來是當地人眼界裏的「自家山水」，或許値得一探。于右任是陝西三原人，距西安北邊一小時車程，隴海鐵路通車後，主幹不經，益增其幽也說不定。更北的耀縣及淳化，自然不易有外方遊客。

北京西郊亦多名山，昔人好稱「西山八大處」，今日不甚顯名，遊人只知去八達嶺長城。西山之勝，在平淡、在不遠、在不高，也在攀登。不攀登，不得感受其簡淡中多致之勝。兩年前在上海福佑路古董地攤見一疊二十年代商務印書館出版的大開本攝影風景，其中一本《西山》，風景多見奇石虬松，天成佈列，如戶外大園林，閱後頗心羨之。當時逛得匆匆，不暇思及購買，想來可惜。

清人龔自珍〈說京師翠微山〉一文，講這座西郊名山，「不居正北居西北，爲傘蓋不爲枕障也。……不孤巉，近人情也。……與西山亦離亦合，不欲爲主峰，又恥附西山也。……名之曰翠微，亦典雅，亦諧於俗，不以僻儉名其平生也。」想來這山是不錯的。山要諧俗，中國山原本都做得到；只是文人把它寫高寫清了，仙人將之修眞鍊異了，鶴猿將之飛絕棲靈了。看來翠微山端的是北京好後山，駱駝祥子的遠親還許能住在那兒，曹雪芹的腳跡還許猶留在那兒，今日老百姓還許仍得隨意爬爬，卻又沒有北京城內名勝隨時聽到的囉唕，的是郊遊的佳處。

北京出城，一片平闊，朗朗蕩蕩，眼前看不出今天有登山之象；一小時後，山勢綿綿現出，心思鼓動。多年來常在各處浪途中有這樣難以言說的感受，荒枯路途，隨眼見山，百念雜閃，這裏借著北方山水題目將它記下。

（刊一九九九年九月二日中時「人間」）

美國旅行與舊車天堂

旅行美國，最好玩的不是城市，是路途。賞玩路途最好的方法，不是火車；因停靠不能隨興、路線死板、價錢昂貴，以及最主要的，車窗玻璃老化曲扭，模糊到飛逝流景也看不清。昔年的鐵路大國竟有窘狀如此。

以汽車馳遊公路，才是好的玩法。這又分幾種：

巴士——原是最正宗的長途遊法。因它車穩身高，可極目四望，心曠神怡，常不自禁悠然遠想。且不自掌方向盤，心思無須專注於車行。然而這二十年的灰狗及

Trailways兩家巴士已不合於此處說的遊法，最主要的是它們走州際（interstate）公路，看不到幽景。除非乘坐像「綠龜」（Green Tortoise）這類嬉皮巴士，由西岸至東岸。五千公里路途灰狗三天開到，它則要七到十天。中途選景點停下埋鍋造飯，乘客分工。飯後或游泳河濱或沐浴溫泉。繼而登程一段。夜晚或宿野地或睡車上（乘客早自備妥睡袋）。便這樣每天走走停停的駛抵終點。

「綠龜」在八十年代中期已然萎縮，班次不多，並需電話預訂，如今是否還有，我不知道。六、七十年代這類嬉皮巴士尚值高峰，許多州城皆有，據說上車時有的還會分發大麻，令你可臻名副其實的tripping（幻遊）。那時車上的搖滾樂配和著窗外的遠山，一切是那麼的美，那麼的柔慢；大夥的交談，是那麼的富有哲理；甚至鄰座遞過來的餅乾或巧克力，也是那麼的香甜。

這類嬉皮巴士，全用的是舊車；機關單位打下來的，老舊校車打下來的等等，極其便宜。故開得較慢（以免過度驅策），時常停歇（以免因適才爬山而致過熱），並且多半採走傳統公路及鄉道（一爲風景，一爲節省過橋費）。

停的點還有河灣或溫泉者，爲了可以嬉戲外，有人或可釣魚以充待會兒的食物，也爲了一舉解決這幾天的洗澡問題。有些停點是因有「農民市場」（farmer's market）或果園，可以廉價採購果菜。至於埋鍋所造出的飯菜，要吃者事先登記，每人一兩塊錢。據說味道還不錯，比小鎮的簡餐要略勝。並且便宜。吃些什麼？西部牛仔菜之改良版。也就是有點墨西哥豆泥、有點煎香腸、牛油青豆攪炒米飯、粗獷式沙拉、什菜大湯等。在野地上多人圍食，老實說，應是蠻好吃的。

眞正的橫跨美國、無止境的東南西北遨遊，則必須自己開車。惟有開著自己的車，適才錯過的奇景，才能掉頭去看。極其偏僻卻又極珍貴的節慶、風俗，甚至只是古老的趕集，才能柳暗花明的抵達看到。更別說長途驅車後受星光、蟲聲等天成氣氛長時籠罩下所凝生出的一股孤獨卻又靜好的自我感，是火車、巴士、飛機等交通工具皆無法得臻的。

當然，長時間（一個月，半年）的獨駛一車，隨處停歇，也是最能消散原先精神上之專注，其實是一劑治療良方。它也有一麻煩，便是假若迷上了這種漂泊不定的生涯，往往回返不了正軌的體制。

外地人下了飛機，想好好看看偌大的美國，以一兩個月什麼的，最好是買輛舊車，由這一岸開往那一岸，開他個幾萬哩。

以舊車旅行，六十年代至八十年代末這三十年間是黃金年代。請略言之。六十年代的美國車以尺寸比例（引擎之夠力與車體之不甚特重）與價格之便宜，堪稱汽車史上最難得佳良之期。也於是你在七十年代中期至八十年代末期去買六十年代的美國舊車，常已極其便宜，如五百元，而性能出奇的好。這類車型，如1963至1969的Dodge廠的Dart，及同樣年份Plymouth廠的Valiant；或是1964至1967福特廠的Falcon及雪佛萊廠的Chevy II；假如能買到五十年代雪佛萊的凡是「全型」（full size）的，如懷舊電影中常見的Bel Air，特別是1955及1956，則可能不便宜，乃它已是收藏品。1959到1964的Checker（以前紐約的大而圓胖的計程車便用此型）也是。福特的Mustang，1964到

1966，根本別去想。會是Dodge Dart的十倍價錢。

那年代稍微注意一點汽車的美國人，皆有以上概念。但直到1979年一個叫Joe Troise的寫了一本小書《櫻桃與檸檬》（Cherries & Lemons），堪稱是評估與選購美國舊車的聖經。

即使到了八十年代中後期，美國大地上仍多見六十年代的Falcon、Valiant、Dart、Chevy II 等車型，偶爾夾雜一些AMC的Rambler，至若凱迪拉克這樣的沉重車體者，幾乎見不到。

這類的老車，西岸比東岸見得多。乃氣候乾燥又少雪之故。故能在西岸買舊車當然好車機會高些。但人恰在紐約下飛機，想往西去，也只好在當地買。有一技巧，儘量別在紐約市買，不妨選紐澤西的車，特別是升斗小民集聚的城，如Trenton或是Camden。乃紐約市交通太擠，車子開開停停，又未必有車房儲放，車子很折磨，且別說紐約人移進移出，車主更易頻多，較不如傳統城鎮百姓之惜車。看報上廣告及在住宅區偶見For Sale牌皆比向經手商（dealer）買爲佳。倘電話打去，是老太太的車要賣，往往會是好運。

檢視鑑別車子的性能，亦有簡易之法，這裏不多說。

在八十年代中後期，假如兩個歐洲年輕人，荷蘭或德國什麼的，在費城買了一輛舊車，雪佛萊的1971年Nova之類，花了五百或七百元，慢慢開它經由東岸到南方，查爾斯頓、紐奧良，上繞中西部，芝加哥、明尼亞波利斯，再到Aspern滑雪，拉斯維加斯小賭，繼往太平洋西北角（Pacific Northwest），最後抵達加州的舊金山，費時一個半月，開了兩萬哩，然後他們在報上登廣告賣車，留下北灘區（North Beach）的Cafe Trieste這家咖啡館內兩支公用電話的號碼，幾天之後以原價或甚至一千元將車賣出。

這種故事，常常聽得到。美國，公路旅行的天堂，因爲有舊車。

（刊二〇〇〇年五月十八日中時「人間」）

上海日記一則

二〇〇二年五月十日　上海　陰

來滬已五日，一處名勝亦未去。此遊滬之常情也。每日睜開眼睛，不知往何地遊覽，十年中來滬何止十次八次，每次起床欲思一地方玩看，總頗費心神，最後落得只好以先往公園（復興公園或襄陽公園）喝一杯清茶開端。茶者，不過三元一杯「炒青」，味亦不惡，同座皆老人。茶喝完，又無事矣，又需再想下一行程，多半無甚新意，逛舊書店，逛城隍廟舊雜貨，逛外貿成衣店，如此而已。噫，上海上海，何廣闊之巨埠，何炫麗之建設，何馳名之聲勢，僅如是耶？

早起矢意選一地去遊，此次既住長寧區，何不就近往西尋覓？自地圖見青浦鎮，其城鄉爲水道環形圍成，想早年形式優良，今日早不具「水鄉」名氣一如甪直、周庄，甚至不如近處金澤、朱家角響亮；然由地圖看去，東北角有「曲水園」，比例不小，或可一試。登滬青平公路，三十五分鐘而抵。門票五元，進園便問有無茶廳，答有。曲徑稍繞，見茶廳，叫了茶，搬了藤椅至廳外，在「凝和堂」後廊坐喝。眼前一泓綠水、三座亭子，綠樹石橋，全無遊人，幽清何似。

漫漫五日，渾渾噩噩而過，何曾好好喝過一杯茶？茶不茶、曲不曲水且不要緊，究竟在上海弄了些什麼，眞是不堪計較。及此，豈不又回到老問題？上海，倘不是工作辦事，實在不能待。或許養老做員外猶可以。偏就是不能來此旅遊觀光。人愈說某地的shopping極棒極廉、愈是說某地的餐館極佳極多，便愈是不自禁透露出這地方之劣於旅遊。

上海比較是用來住的，比較不太是用來旅遊的。然言於住，即使我自己選城市來住，多半不會選上海。上海太滿備，我則適於殘而不全的市鎮。香港亦是太滿。台北之建設最差，卻唯有殘缺之優勢。文化癮之不易滿足，是台北人在上海最大的缺憾；尤其缺乏「徹夜清談」之老友掛或前三十年談慣的話題及描述方式。

午飯後，於各小街閒逛，眼睛仍多半聚焦於小民生活老景：看些賣竹簾、藤椅、竹製蠅拍的小店，看些「三元吃飽，五元吃好，七元八元吃得呱呱叫」、「修配麻將，弄內三號」的招牌。腳走過幾里地，眼流盼過雜亂景，旅行中的一個下午至此方算是開始了。此種荒嬉，最適我志。

至慈溪路選看老電影的DVD，昔年在台看過的老片，霎時歷歷在目，赫然五十年觀影史浮上心版。Sirk的《苦雨戀春風》，黑澤明的《天國與地獄》，甚至弗力茲·朗在美拍得不甚理想的The Big Heat亦有。而七十年代的《澳洲奇談》（Walkabout），以及當年只能在台北德國文化中心方得窺見之Werner Herzog所導之《玻璃精靈》（Heart of Glass）亦在焉。

晚餐於「新天地」的「透明思考」，同學余為彥已代訂位。去夏在滬，見店仍在裝潢，今日已琉璃滿布，曲徑通幽，處處見出打光心思。嘗「樓蘭」紅酒，味不錯，惟稍置，酒槳呈渾，不知何故。九時正，絲竹聲起，原來紗帳後有中國民樂演奏。飯畢，已近午夜。又去虹橋路的「前門」，有老外ＤＪ播放rave音樂，非洲節拍的、印度節拍的，乍聽很感驚異，不啻倫敦、紐約可獲之感受，然客人不多。轟轟隆隆至一時半，回家。上海的夜晚，於我從來最是空洞。

（刊二〇〇二年七月上海《萬象》雜誌）

騙子

台北南區一條如巷子般寬窄的有名街道上，開了七、八家咖啡館，其中一家我常去。這一天有一個人走了進來，往吧檯一站。坐在吧檯另一頭的我，不知什麼原因，早已注意上他。他點了一杯咖啡，並一塊蛋糕，開始讀他帶來的雜誌。我爲什麼會注意他，問得好，因爲他特別。我不相信在這個區塊、這種店裏會有這樣的人。

他必定是一個外地人。

他穿一件外黃裏藍兩面可穿的半長夾克，有一點像風衣，但不是英國Burberry那種制式長風衣，比較像是西雅圖式或北加州Mendocino式更隨意的半長夾克，牌子不至於昂貴。褲子是卡其褲，但台灣不多見有人穿的那種卡其牌子。年紀約四十，只因有點胖，看來不比我這個五十歲的人年輕。他的體態沉穩，儀表威嚴，這些加上他的微胖，以我閱人的經驗猜想，此類素質當非來自他自己的歷練，而是往往一者來自他的遺傳（這類人爸爸便常生成如此），二者或得自他曾成長過的地方，如美國。

他坐了四十分鐘，站起身來，與老闆點點頭，微笑，走了。其間，只說了一句話：「咖啡眞好，再給我一杯好嗎？」

不只是我，老闆亦注意他。因爲過了一星期我又去，不知怎麼和老闆聊起，他說這人又來了四、五次，每次仍不多話，亦不久坐，僅在啜進一口咖啡而興發讚嘆時順勢與吧檯後的人略作寒暄，常迸出幽默語。其中有一次與鄰客恰好聊起咖啡及食物，老闆旁聽後，對此人的見聞廣博甚感印象深刻。

這個人，他如果只是作爲一個客人，實在太可惜了。他根本就該是一個騙子。

才不枉前面近乎完美的出場。

他是不是騙子，不重要。我們未必是他騙的對象。重要的是他的現身。

他之令人注意，乃他呈現一襲與周遭完全沒有關係的氣氛。這種人常常身處異鄉。有時他待在本鄉亦像是在異鄉。

看他坐在店裏的樣子，人會猜想他沒有家人；即使他有，他的精神不能與他們相守。他的精神，處於永遠找尋的狀態。而不是像常人處於固守的狀態。便是這種精神狀態，使他常須微笑（對著對象最好，像在咖啡館；否則他亦自顧自微笑），使他常常讚美，使他常常更換場合。於是髮型裝扮談吐跟著更換了。逐而漸之，走得太遠了，他離開了現實，而進入了，小說。

（刊二〇〇三年五月十一日「蘋果日報」）

又說睡覺

凡是睡醒的時候，我皆希望身處人群；我一生愛好熱鬧，卻落得常一人獨自徘徊、一人獨自吃飯。此種睡醒時刻，於我最顯無聊，從來無心做事，然又不能再睡；此一時也，待家中真不啻如坐囚牢，也正因此，甚少閒坐家中，總是往室外晃蕩。而此種晃蕩，倘在車行之中，由於拘格於座位，不能自由動這摸那，卻又不是靜止狀態，最易教人又進入睡鄉，且百試不爽，兼睡得甜深之極。及於此，可知遠距離的移動、長途車的座上，常是我最愛的家鄉。

嗟呼，此何也？此動盪不息流浪血液所驅使之本我耶？

倘若睡得著、睡得暢適舒意神遊太虛、又其實無啥人生屁事，我眞樂意一輩子說睡就睡。就像有些少年十八、九歲迷彈吉他，竟是全天候的彈，無止無休，亦是無法無天，蹲馬桶時也抱著它彈。吃飯也忘了，眞被叫上飯桌，吃了兩口，放下筷子，取起吉他又繼續撥弄。最後弄到大人已被煩至不堪，幾說出「再彈，我把吉他砸爛！」

倘今日睡至下午才起，弄到夜裏十二點，人還不睏，卻不免爲了社會時間之規律而思是否該上床休息，這於我，是登天難。主要沒有睏意，猶想再消受良夜，此時要他硬躺在床上，並使他一下子就睡成，人能如此者，莫非鐵石心腸？

便是這應睡時還不睏、還不願睡，而應起床時永遠還起不來這一節，致我做不成規範的工作，也致我幾十年來之蹉跎便如平常一日之虛度。思來眞可心驚，卻又眞是如此。這幾乎都像夢了。

昔人有一詩：

無事常靜臥，臥起日當午；人活七十年，君才三十五。

此詩或可解成：貪睡致使比別人少掉了一半人生。尤其解自善珍光陰者。

但若我解，豈不是將常人那紛紛擾擾的辛苦三十五年，我一概在睡夢中將之避去？他們所多獲的三十五年歷練或成就，正是我冰封掉的、冬眠掉的、沒有長大的、三十五年。我即使童騃，又何失也。

且看邯鄲「呂祖祠」楹聯：

睡至二三更時　凡功名皆成幻境
想到一百年後　無少長都是古人

睡覺，使衆生終究平等。又睡覺，使衆生在那段時辰終究要平放。噫，這是何奇妙的一椿過程，才見他起高樓，才見他樓塌了，而這一刻，也皆得倒下睡覺。

便因睡，沒什麼你高我低的；便因睡，沒什麼你貴我賤的；便因睡，沒什麼你優我劣你富我貧你好我不好等等諸多狗屁。

能睡之人，教人何等羨慕！隨時能入天下至甜至香睡鄉之人，何等有福也。即此想起一則「善睡者」的笑話：

一客登門，聞知主人正睡，便在廳坐等。坐著坐著，悠悠睡去。移時主人醒，至廳尋客，見客睡得香甜，不忍叫醒，便在廳側一榻也睡。俄而客醒，見主人甜睡，不忍叫醒，惟有回座再睡，以待主人醒。便如此，主醒見客睡，客醒見主睡，兩人始終不得醒著相見，終於日落西山，客見主仍未醒，乃返家，既已天黑，索性在自家床上放倒形體大睡。及主人醒，見客已去，左右無事，回房躺下，同樣亦入睡鄉矣。

突想到曾在哪兒看到的一副對聯：「客來主不顧，應恐是癡人。」有趣。

又前引笑話，中文英文兩種版本我皆讀過，可知此「善睡」故事，中西皆宜。此故事透出兩件情節：一者，主客二人俱散漫，生活悠然之至也。二者，他們所處的時代與地方，必是泰然適然到令人瞌睡連連，如中國的明、清，或美國的南方（如《亂世佳人》之莊園年月）。

及後又偶讀陸放翁詩，「相對蒲團睡味長，主人與客兩相忘。須臾客去主人覺，一半西窗無夕陽」，噫，此詩所敘，其不就是笑話本事？竟然兩者所見略同。

又這兩則東西，皆指出一件趣事，便是下午總教人昏昏欲睡。下午，何奇妙的一段光陰也。

莫非人不能忍受太長時間都是清醒狀態，於是造物者發明了睡眠這件辦法？君不見兩個好友講話，甲對乙道：「你一定要永遠那麼清醒嗎？你就不能有喝醉的一刻嗎？哪怕是一次也好。」

可見昏睡或是沉醉，正是彌補人清醒時之能量耗損。也可知宇宙事態之必具兩儀。

據說，人在熟睡時，身體的裏裏外外、五臟六腑皆在一絲絲的修復。口內因火氣而生的疱或潰瘍平復了，腰椎的痠痛也不痛了，肚子也不脹氣了。而那些白天的打太極拳、吃生機飲食、腳底按摩等保養動作，其潛意識之逐漸累積，往往更在睡眠中把療病的效果流貫到更深之處，像是大小周天的行氣，一圈接著一圈，直將病灶打通。

正因熟睡如同行氣，故最不願被打斷，乃氣猶未行至完盡過癮之境也。並且此時之心思活動亦不願被打斷，乃此所謂夢者正堆砌劇情至愈高愈奇之佳境，正求峰迴路轉，又攀一險，再至豁然光朗；高潮迭起，不可預料。

夢，使得睡覺一事不只是休息身體，而更增多了心靈的旅程。所謂神遊太虛是也。便因夢，小孩子每晚臨近眠床，總被教育是去尋找一片愉快的好夢；而監獄裏的囚犯，身體雖不自由，晚上的夢卻是不被禁錮的。

大夥皆知「武訓興學」的故事。據說武訓十多歲時爲人做工，人家欺他老實，三年不給他工錢，他憤而返鄉里，搭被蒙頭大睡，如是三日。其間不食不語。起床後，在鄰近村莊狂奔三日，這才算宣洩了心中的冤苦。鄉人以爲他瘋癲了。然而也只有這麼大規模的狂睡加上狂奔，他身上與心中所受的苦痛與不平才得以滌盡。

可見睡覺是身心雙修的工程，亦可能是福慧兼修之巨業。歌舞片《Oklahoma!》一開頭唱Oh What a Beautiful Morning那首主題曲，所謂「多麼美麗的早上」，那種美麗，或還未必只是客觀現象，多半出於睡了一場好覺的人之眼裏。杜斯妥也夫斯基有一本小說（是否爲《白夜》？）一開頭謂：這是一個極其美麗的夜晚，這種夜晚，人只有在年輕時才能強烈的感受得到。這書說的「年輕」，便如睡了好覺，方能具有那種強烈的感悟力。

長年失眠的人——像有人二十年皆沒能睡成什麼覺。是的，眞有這樣的人——你看他的臉，像是罩著一層霧。

那些長時間、常年無法睡覺的人，有時眞希望碰上武俠小說中會點穴的高手，幫自己點上一個睡穴，這一覺睡下去，一睡睡個五天五夜什麼的。

要不就是請催眠師把自己催眠催成睡著，並且好幾天別叫起來。

失眠者在中夜靜靜幽幽的躺著，周遭或極其寂悄或微有聲響，而所有的人似皆進入混沌之鄉，而自己卻怎麼還留在清醒之境，這是何等痛苦，又是何等之孤獨。有不少方子，教導人漸漸睡成，如洗熱水腳，謂放鬆腳部、溫暖足心能使人想睡。又如喝溫牛奶，謂牛奶中含有被稱爲左旋色氨酸（L-tryptophan）的氨基酸，與可在大腦自然形成的血清素（serotonin）有關。

若是血清素較豐盈，人一鬆懈，便可入睡鄉。而時間夠長的深睡、甜睡、或甚至只是昏睡，也實是在睡醒時導致大腦血清素豐滿的主要原因。而大腦血清素愈豐滿之人，則人的情緒愈傾向快樂、正面與高昂。而人愈易快樂高昂，往往夜晚愈易深睡。

當然前說的洗腳法、熱牛奶法，與西方人古時的「數羊法」等，對真正的長期失眠患者，只有偶爾一兩次之效。

不知道是否有一種療法，便是「不治療」。我在想，根本令那個人拋掉憂鬱、焦慮、沮喪等字眼；最好是把他丟到一塊完全沒有這些字眼的土地上，如貴州之類地方。必須教他同不懂這些字眼的人群生活在一起，這才有用。

失眠者最大的癥結，在於他一直繫於「現場」。要不失眠，最有用之方法便是：離開現場。人常在憂慮的現場，常在戮力賺錢的現場，常在等待陞遷等待加薪等待結束婚姻等待贍養費等待遺產………等等的現場，此類種種愈發不堪的現場，以致使人不快樂；你必須離開它，便一切病痛皆沒了。失眠最是如此。例如人去當兵，便天天睡得極好，乃徹底離開了原先世俗社會的那個現場。

人之不快樂或人之不健康，便常在於對先前狀況之無法改變。而改變它，何難也，不如就離開。

譬似失眠，有人便吃安眠藥，這是一種「改變」之方，但僅有一時小用，終會更糟。

但離開，說來容易，又幾人能做到？事實上，最容易之事，最是少人做到。

佛門說的捨俗，便是如此。所謂捨俗，捨的是名貴手錶、提包，捨的是金銀財寶，捨的是頭銜、名氣。此類東西愈是少，便更多受人天供養，更多霑自然佳氣。像禪家說的「春聽鶯啼鳥語，妙樂天機；夏聞禪噪高林，豈知炎熱；秋覩清風明月，星燦光耀；冬觀雪嶺山川，蒲團暖坐」。

一般言之，你愈在好的境地，愈能睡成好覺。此種好的境地，如你人在幼年。此種好的境地，如你居於比較用勞力而不是用嘴巴發一兩聲使喚便能獲得溫飽的地方。此種好的境地，如活在——比較不便利、崎嶇、頻於跋涉、無現代化之凡事需身體力行方能完成的粗簡年代。

最要者，是你必須極想睡覺。要像嬰兒被一點聲音驚動，卻立然又極度強烈的再轉身返回熟睡的深鄉。何也？他像在海上緊抓浮木般求生似的亟亟欲睡也。

而今文明之人的無法入睡或睡後無法深熟，或不能久睡，便是已然少了「亟亟想睡」之根源。亦即其身心之不健康在於登往健康根源之早被掘斷。這就好像人之不想吃飯或人之食不知味的那種雖不甚明顯卻早已是深病的狀態一般。

然則這「極想睡覺」何等不易！須知你問他，他會說：「當然想啊。我怎麼會不想睡覺呢？」只是這仍是嘴上說的想，他的行爲卻並不構成這樁「極想」。

他的行爲是既想讀書、又想看電視、又想接電話、更想明後天約某兩三人見面商量事情、也同時想下個月應該到哪個地方出差或度假，同時在這些諸多事之外，還想睡覺。於是，由此看來，他實在不算「極想睡覺」，只算：在兼做各事之餘也希望順便獲得一睡而已。

通常，睡不到好覺的人，往往是一心多用之人。或是自詡能貪多又嚼得爛之人。然而年積月累，人的思慮終至太過雜纏，此時頓然想教自己簡之少之，以求好睡，卻已然做不到矣。

人一生中有幾萬日，有時想：可否好好睡他個三天？但用在好睡眠的三天，究在何時呢？

要令每一季說什麼也要空出這樣的三天，只是爲了睡覺。

放下所有的要事，不去憂慮股票，不管老闆或員工，不接任何電話，只是準備好好睡覺。白天的走路、吃飯、散步、運動、看書、看電影……全爲了晚上的睡覺。

要全然不用心，只是一直耗用體力，爲了換取夜裡最深最沉的睡眠。

假如家裏不好睡（如隔壁在裝修房子、在大施工程），便換個地方去睡。假如近日家中人太多太吵，或雜物太擠，或一成不變的生活已太久太久令人都心神不寧、睡不成眠了，便旅行到異地去睡。

例如到京都去睡。我根本就講過這樣的話：「我去京都爲了睡覺！」我也會說：「我去黃山爲了睡覺。」確實如此，只是我去黃山、京都，並不是白天睡覺，白天仍在玩，睡覺是在晚上。欲睡好覺，白天一定要勞累。

且看那些睡不得好覺的人，多半是不樂意勞累之人。

甘於勞累，常是有福。

然則人是怎麼開始不甘勞累呢？動物便皆甘於勞累，小孩便皆時時在勞時時在動時時不知何爲累！

啊，是了，必定是人之成長，人之社會化以後逐漸洗腦洗出來的累積之念。

近年台北有了捷運，有時上車後不久，便睏了，搖搖晃晃，眼都睜不開了。明明三站之後便要下車，但實在撐不住，唉，心一橫，就睡吧。便這麼一睡睡到底站淡水，不出月台，再原車坐回。

這種道途中不經意得來的短暫睡眠，有時花錢也買不到。雖然耗使掉了個把小時，又有何損？

一個朋友某次說了他的夢：每晚在連扭掉床頭燈的力氣皆沒有的情形下矇然睡去。

（刊二〇〇六年十月十五日中時「人間」）

人海

從荒涼不見人跡的層層山嶺野地踟躅頗久後乍然回到城市，坐在一節地鐵車廂裏望著各色人群，看著看著，愈看愈覺得熟悉他們各在做什麼想什麼。車站或任何人衆匯聚的場所，永遠強行呈示你這個社會規則熔冶出來的景狀。這些人就像半生習見過交接過熟識過的路人、鄰居、朋友、同窗同袍同事等人中的某些個；流轉眼神的方法，低眉自守書報的式樣，對待身旁人或枕畔人的慣有態度，接大哥大時變得緊張或雀躍及樂於打著行話的慣勢。

這個人一進車廂，在坐位已滿而站立空間猶多的情勢下，一眼瞥見他早已素喜的位置，很熟練的滑梭入他認爲最宜得其所的角落，門邊的玻璃板，隨即靠倚著，便開始局勢底定的默默不動，與世無爭。這是個年輕人，其實所求不多。他定然一畢業就把工作找好，或是領第一份薪水便即盤算買房子的事情。他大約深知被其他乘客碰來撞去不是很舒服的事，就像搬家來搬家去令他飄泊難受。

有個中年人，自進車廂，便東張西望，先是看有無座位，接著凡打扮稍妍者他也看，小孩嬉鬧他也看，正向看也轉頭看，像是剛抵這萬花世界一般的瞪大眼睛。他很像那種一進豆漿店先忙著獵尋鄰桌找報紙的人。其他乘客相較於他，竟皆像眼觀鼻、鼻觀心、有所敬守。而他太心無旁念，致其繫念總像在社會似可容允範圍中去做肆縱，譬似認定用眼睛的自由。

此人毋寧是很寂寞的，看來並沒鎔鑄於社會，雖這樣的人必定久居城鎮——鄉野農地不怎麼見到這樣的人——並且多半成家育有子女，卻依然有自外於俗的習性。

有一婦人，見人離座下車，便到那位前，卻不即坐下，以手先拍拍座位，像俟其稍涼才去坐下。這三、四十年前公車景觀不想今日猶能得見，雖罕亦奇也。這般的固成守舊，連軟墊硬板之異也視同一件去拍，可知其人之古風。

一女士坐定後，便硬教自己閉上眼睛。但那閉法不是睡覺或養神，是皺起眉頭緊綳式的閉，天人交戰式的閉，要自己別以眼與外間相接，好像外間閃動的人影或光晃對她構成困難。這就像路上太多以措施排拒困難的人；我家附近公園周遭有兩個騎自行車代步的女士，永遠要先戴上口罩，即使只騎幾步路。她們騎車有時像是爲了差點要撞上人那種生活上的漣漪。我常因聽見尖銳煞車聲而轉頭，致分別認識了這兩位女士，剛好都戴口罩，都騎短程車，都慢，像很安全，但煞車聲尖銳。

有兩個年輕人在講話，兩人應是朋友；十幾站講下來，沒有一分鐘像是朋友和朋友的來往，沒有表情，沒有音調起伏，直單薄直空蕩。這兩人都不需要朋友，都毫無互相、毫無對方。世上任何多出的一件事對他們都像是徒然多出的累。

一個看起來三十出頭似又未婚的女子坐在位上不時看往每一站新進的各色乘客。有時某個手提袋引她目光，有時某雙皮鞋受她注視，有時某兩個女友談論剛買的化妝品也蒙她聆聽。有一個穿著尋常相貌尙俊的與她年仿男士進了車廂，她看了一眼，隨後沒啥興趣又移目光至別處；過了一站，上來一對男女，打扮花俏，並且曾在電視上參加過節目，兩人竟與這男士打招呼，聊了起來，過了兩站，這對男女下車；這一切女士皆看在眼裏，並且自那對男女下車後她開始打量那個男士，不停的。

她有一種飄泊不定的寂寞，很適合在大都市裏浮沉。她像是買完一件衣服很快會覺得另一件似乎更好。她必然有一份糊塗，令她總使自己弄成很警敏。

有一種人，即在月台上等車，也要扭動腰骨做幾下體操，以免浪費時效。他若在山中驅車，見有山澗流泉，看來不能不停下來洗一下車，即使車不髒。

太多的人，其實才乘過很短年月的地鐵（這城市的地鐵極新），卻已漠然空冷其臉、空洞其軀的進車、出車、兀立、兀坐，像是操使過幾十年，而其實他才降臨在這世界十來個寒暑而已。他手上的錶、肩上的背包、腳上的球鞋全看得出他的意志巧思，一如他所選的漢堡口味，然這一切皆使他終至漠然空兀。人海中有一種推波助瀾的熔冶陶鑄的巨力，就像出車廂後衆流狂奔至電扶梯之必然。

（刊二〇〇〇年一月二十七日中時「人間」）

淋雨

身邊小事不時也頗念及，不知適合寫成文章否。

我常在雨中走路，而沒有打傘。近年台北的雨較小了，二、三十年前常見的傾盆大雨如今少見了。

不大打傘，倒不是懷念年少時的傾盆大雨之酣暢，而是根本覺得一來淋點小雨沒啥不舒服；二來帶傘常干擾大步暢行，麻煩，往往沒用幾分鐘雨已失去蹤影，像是沒來由的被它作弄了；三來，也是最主要的，是我懵懂到、童騃到沒養成那種「下雨怎能不打傘」的根深柢固之約定俗成過日子觀念。

後來又有說什麼酸雨淋不得之類的。當然，以肉身闖入污染，我也實有不願，但仍還是用「管他的」之小島草萊慣勢投入我們早就活慣了的味精、灰塵、噪音等無所不在的環境中，依舊不打傘。

至於那些原就永遠打傘者，即使下的不是酸雨，他還是照樣打著。你相不相信？這個世界的狀況是，多半的人壓根沒有想，就把傘打了起來。

我不知何時覺得，爲什麼人要刻意避開淋雨？小雨時，淋著多麼舒服；避著不淋，多可惜。大雨，固令人全身尷尬，然身體有大鬱結、心理有大愁悶、事業境遇有大難關者，偶得痛快一淋，最是有沖刷滌蕩之無比功效。

然人之不淋雨，看來皆不是不同意於我前面說的，看來也不是想過後認爲淋雨沒必要，實是遵從一種「文明趨向」後之不需考量便必定跟做之「大夥如此我便如此」的隨宜性。什麼「感冒」云云、「酸雨導致落髮」云云常是隨手拈來的良好人云亦云理由。三十年前台灣尚不興說酸雨時他還不是堅不淋雨。

人究竟從多大開始便生出這種防範心、知道遇雨便該避淋？而又必須每個人皆同樣的知此防範乎？

我們可不可以多一些時候是會忘掉雨的存在？或者，根本我們就常常忘掉自己？忘掉自己遭受風吹日曬之荼毒，忘掉自己比別人少賺了幾千萬之不夠豐足，忘掉自己身上的衣服被弄髒了被弄溼了。

一個不願淋雨的城市或國家，想必就是一個心靈上不甚暢快身體上不甚透達的地域。譬似一個幾乎從不淋雨的小孩其童年少年之成長是很不健康的。

淋雨，是一個窺覘文明病態的極佳例子。且看不願淋雨或在簷下一見有雨便皺起眉頭一臉不快甚至立刻浮出一股官腔式的嫌厭臉色的人，往往便是常常令人不快或令己不快的人。

他甚至在對待雨這樣天然東西上，也不自禁擺出一副身架子來，好像說「我耶，我怎麼能淋雨呢！」譬似矢意必買賓士車或勞力士錶的人心中說的「我怎麼能不開賓士不戴勞力士呢」一樣，皆是想要因名品而令自己權勢變高，實則有極大的可能是太過擔憂自己卑微而弄出來的甚甚不值得之花樣。

如今有了捷運，有的人為了避開雨之干擾（除了水滴飛濺到衣服下襬，也像弄溼了鞋、濺泥在襪上），懂得在地底沿行。這固然避了水擾，然而地鐵站內的窒悶空氣卻多所接收了。他竟然為了少沾幾滴水珠而甘願交換那些極其不暢爽的空氣。說到空氣，有的人根本沒有這感覺。乃他視為當然。我每次在路面經過地鐵站的出口，便已受襲到一股暖烘烘、悶燥燥、帶點化學工業味的氣體，令我不甚適暢，但似乎大多人不怎麼有異感。

曾經想過在一篇小說中如此安排：男主人翁和女主人翁坐在店裏聊得愉快又相知，當出店門時，下雨了，男的說：「我可以不打傘，你要不要在這裏站一下我去買把傘？」

女的說：「不，我也不打傘的。」（男的一聽，剎那間，竟像是遇到了知音一般的心中震動）。

（刊二〇〇五年四月五日「自由副刊」）

北京買書記

顯邦兄：

久未聚晤，時在念中。弟在北地遊覽山川，一路黃土白楊，轉眼又閃逝了五、六個星期四，想台北每周四衆書友相聚喝茶聊書，快意何如。

此次旅行，早曉自己以大義，絕不買書；實因途程漫長，不堪負攜；不想爲挑幾冊地圖，踏進書店，自此無法自制，見獵心喜，下手起買。內心爲此眞是矛盾已甚；書買多了，亦無時間體力盡讀，更無空間存放。遷家及遠行，多年來苦不堪言。有時嘗想，日後原也要贈予圖書館或捐與私人，且先擁於身邊一陣再說；卻因循堆疊，自煎自熬，一無用處經年累月下去。

先是在三聯書店瞥見成疊的遼寧教育出版社的「新世紀萬有文庫」，因是舊著重刊的小冊子，想不占行囊，便隨手挑了馬一浮《泰和宜山會語》、賀昌群《魏晉清談思想初論》、丁文江《游記二種》、文載道（即金性堯）《風土小記》等書，以其價廉（共約二十元）好帶，或能路上翻看。又經商務印書館，見1983年刊的趙元任《通字方案》，僅九角三分，豈能不買。某日進「勞動人民文化宮」，不想遇上「書市」，萬頭攢動，雖強忍不逛，仍買了中國電影出版社的《蔡楚生選集》，標價四元二角，還打八折。蔡氏的電影劇本〈一江春水向東流〉等我早有了，買此書實爲了柯靈的那篇好幾十頁的長序。

某日進了一家「中國書店」（北京約有七、八家之多），見舊書滿架，低頭埋進，再站起身已是打烊時分，而手上已提了厚厚一落。

接著三日，又逛另幾處「中國書店」，呼家樓的、琉璃廠的、隆福寺的，買的全是舊書。這舊書，倒不是指線裝古籍，亦非指三、四十年代破損落頁的舊書，主要指近三、四十年的過往出版物。八十年代末所出書，即使距今不遠，常因斷版或冷僻，新書店亦買不到，如徐卓呆的《笑話三千》（岳麓書社，1988），或中國商業出版社「中國烹飪古籍叢刊」中的《吳氏中饋錄・本心齋蔬食譜・外四種》（1987）等是。甚至1993年二版的吳應壽所著《徐霞客遊記導讀》（巴蜀書社）亦早斷售。

而最引我興趣的舊書，實是六十、七十年代的好些特殊出版物，特別是文革時期的譯作。有不少譯自俄著的邊地調查記錄，像《黑龍江旅行記》，像我花三元買的伊凡・納達羅夫結其1882及1883年旅行見聞寫成之《北烏蘇里邊區現狀概要及其他》（1975年初版售三角六分）。而商務版的各國簡史之翻譯亦是，往往大字排印。買1975年版俄人多利寧與多羅什克維奇合著《秘魯》一書，費四元，原售七角三分。這類書常印有「內部發行」字樣，當年亦不易在坊間書店得見；近年鄉縣機關工廠或因樓舍拆建、或因改併企業營運，不少小圖書室的庫書不免除卸而打掉，以至進入了舊書店，品相往往嶄新如昔。如科學出版社的《齊民要術選釋》與《夢溪筆談選讀》，皆刊於1975，以現代科學知識注解古籍，便似全新不曾被借閱。

八十年代的書，亦極便宜，由於多見民族類及風土類，所買亦多偏此，約如下：

中國社會科學出版社的《美洲土著的房屋和家庭生活》，1985，美國路易斯・亨利・摩爾根著。

四川民族出版社的《侗鄉風情錄》1983，及《川劇劇目選考》1989。

巴蜀書社的《蜀藻幽勝錄》1985刊，明朝傅振商編。

又「中國少數民族簡史叢書」由各地的民族出版社或人民出版社所分出，大抵刊於1983、1984年，我買的有《鄂倫春族簡史》、《仫佬族簡史》、《毛難族簡史》、《盤村瑤族》、《傈僳族簡史》等。

有一書，特別難得，是中國社科院民族研究所的民族學研究室所出之《中國少數民族社會歷史科學紀錄影片劇本選編》第一輯，收有許多紀錄片的劇本，1981刊，楊光海編。厚876頁。完全沒印版權頁，自無印價格。8元購得。

最珍貴者，是購得1959年中國電影出版社之《蘇聯電影史綱》第一卷，1917—1934（全書共三卷），由蘇聯科學院藝術史研究所中幾位學者合著而成，龔逸霄譯，四十年前定價即要4.8元，只印1900冊。15元購得。書厚796頁，除正文外，有150頁的影片目錄、100頁的片名索引、30頁的人名索引，委實繁全周備。

再說一件趣遇。離北京後，到山東濟南，在永長路的「清眞南大寺」前，一大早見一人正在地上擺書，準備開市。他邊擺我邊蹲著翻看，擺完不過一兩百冊，全是舊書，且有不少前說之七十年代「內部發行」種類。突見一冊《在烏蘇里的莽林中》，僅下冊，俄國的弗·克·阿爾謝尼耶夫著，1977年商務版。翻開首頁，赫然出現「德爾蘇·烏扎拉——1907年烏蘇里地區旅行的回憶」這樣的書題。原來竟是黑澤明所拍同名影片之所據，立刻憶起老友李明宗兄多年前在士林老家對我提過黑澤明片子實來自俄著實事之朦朧印象，不想踏破鐵鞋無覓處而今——如何料到爲赴青州看北魏出土石雕道經濟南又難得早起更因走岔一巷來到清眞寺碰上了這麼一個孤零零的冷攤！

共挑書四本，一問價錢，老闆比手劃腳表示五元，付訖。原來這相貌純良之人是個聾啞人。便有這樣幽人方收來擺售這樣幽書。

偶遇也。奇遇也。

這兩日才閒中翻看了幾頁，德爾蘇·烏扎拉原來是烏蘇里森林中的赫哲族人，與世隔絕，只知漁獵，常年宿於山野，不入房屋，天性純良，全然葛天氏之民。書中娓娓所記，引人入勝，眞教我捨不得一次讀太多頁。可能是我所讀過最好的一本「旅行文學」。或許十多年前黑澤明恨不得將之拍成八個小時的長片也未可知。

得書於塵途，也竟有趣。拉雜相告，不盡。

國治

（刊一九九九年十一月十八日中時「人間」）

美國流浪漢——說hobo

爲了不同的理由，人們上路流浪。但只要他開始流浪，他就與一草一木、岩石砂土一樣，同樣散於路邊安於大地，原先的理由不理由的，自也就湮沒了。

好些年前，有一種人，穿著老式西裝，但陳舊襤褸；形狀潦倒，使他一逕呈顯中年衰老模樣（雖然實際年紀尚輕）；往往肩上扛一木棍，上紮簡單包袱；總好像走在鐵軌附近，當不知何處響起一聲汽笛，他馬上把低垂的頭抬起，全神貫注，等待火車駛來。

這種人，和鐵軌、火車汽笛、簡陋行囊總是伴隨一起。而合這所有形成他的獨特世界。這種人，叫做hobo，便是本文要講的流浪漢。

hobo這字，最早出現於華盛頓州，於1889年，距今已過一百年，指的是遊動遷徙的農場工人或伐木工。hobo的語源不明，有人說南北戰爭後散兵游勇喜歡逢人就說「往回家走」（homeward bound），將這兩字的字頭ho及bo合在一起含糊懶散的從口中擠出而成。又有一說是指不樂田事、逃出農莊的「執鋤小子」（hoe boy）。

小說家傑克．倫敦（1876-1916）年輕時也做過hobo，他1907年的書《大路》（The Road）中描寫在新墨西哥州聖馬夏（San Marcial）的水塔壁上有流浪漢留下一段信息：「Main-drag fair………Bulls not hostile」（鎮上主街討飯不賴………鐵路條子不兇）。這種信息自然是留給同道看的。流浪漢們慣常在鐵路站旁常有的水塔上留言，這是他們地下的佈告牌。爲了自己人知道，他們只書別號。在1900年代，一些比較有名的別號有（從各地水塔上集來）：

Buffalo Smith（水牛城史密斯，或野牛張三）

Cinders Sam（匹茲堡山姆，hobo們稱匹茲堡Cinders；或火車山姆，乃蒸汽引擎須不斷往鍋填煤）

Minnie Joe（明尼亞波利斯的裘）

Mississippi Red（密西西比紅皮）

Ohio Fatty（俄亥俄肥仔）

Syracuse Shine（西拉寇斯老黑；shine在二十世紀初指黑人）

Texas Slim（德州瘦竿兒）

「叢林」即景

鐵路貨運站，往往荒涼舊暗，各節貨廂（boxcar）此起彼落在此調接。有時一列貨車深夜進了站，流浪漢輕手輕腳的從貨廂跳了下來，這廂三個，那廂五個；有的揉揉眼睛，打個呵欠，問道：「哪位知道這兒有『叢林』（jungle）嗎？」有人或答：「前邊就是（Right over there）。」於是大夥往那行去。走不多遠，有些小樹亂草圍集的一塊荒地，便就是了。衆人抵達時，可能有幾個流浪漢早已在了；若先前生好的一堆火漸呈微弱，新來者會你撿些老柴、我折些枯枝、他掏出舊報紙，把火生旺。隨即各人分工，有的拿鐵罐燒水，有的取出袋中咖啡粉，有的開始傳糖。至於要吃飯的，若情勢許可（如不至太晚而用火很久，擾及其他入睡者，如火上尚遺有大鍋湯），則各人會將自己所存有的食物——馬鈴薯、紅蘿蔔、洋蔥、捲心菜、舊剩的香腸——各自貢獻一些，投入公鍋之內。所謂鍋，常就是一只鐵皮盒子。有的無法貢獻鍋內菜的，有乾冷麵包，自也樂與衆人均分。什麼皆無者，通常不主動趨近取食，但流浪漢們往往在湯沸菜爛之後，也會分他一碗羹。吃完飯，抽完菸，各人取出配備，就地蜷窩著睡了。

這便是流浪漢聚停的營地，行話叫做jungle（叢林）。它通常離貨車站不遠，近水（小溪流或水塔），有樹、草（可遮蔽、可擋風、可燒柴）。由於早年鐵路貨車站常在荒野之地，樹林極易覓得，致有「叢林」一詞。

白天來臨，有的流浪漢又要出發，有的則想再待一陣。亦有新抵達的，往往先到鎮上——一般離車站不遠，半哩或什麼的——市場或餐館後門的垃圾箱撿些食物（老菜葉、軟番茄），身上有些小錢的，也能買。有的則往鎮中人多處使出「伸手牌」（pan-handle——原爲鍋柄，以其形狀頗似人的手掌平攤，引爲「討錢」義）。總之，最後還回到自己的天地，叢林。在叢林中，生火燒水，就地吃飯。等休息夠了，繼續上路。叢林種種，還需細表，現下先說上路。

跳車技巧

當貨廂裝載完畢，與火車頭搭接上，將出發時，流浪漢早已據好自己有利的位置，通常是在火車的前方躲好，以免被偵查人員——所謂「條子」（bull）——看到。隨即車子啓動，向前推移，當載有人的火車頭經過你所躲之處，你立刻現身快步沿著火車奔跑，看準一節空的貨廂，先把行囊抛進，接著確定你奔跑的速度與車速相當，便可把你的手探撫在車門把手或鐵梯上，此時手指若不覺得有快速掃拂、握持不住之感，即可一把抓住，握緊，隨之腳踩碎步，使力一顚，用腰力向上猛盪，便上了車。

假如只是手貿然的抓住了門把，而身體的速度不夠，那不是人被扯打到車廂壁上再彈震到地面，就是被拉送到車輪之下而喪命。某些流浪漢有別號如Stumps（斷臂的）、Righty（缺右手的）、Fingers（九指神魔）等人，便是在攀跳行進中的貨車時斷送了軀體的部分而博來這些個萬兒的。

若不是因爲條子搜尋得嚴，跳車技巧自不需快速矯捷，只要當車子停著未發時爬上去就成。但有的大站，條子衆多，除了出發前有人一節一節巡查外，並且在列車很前端與很後尾各站有一兩個條子，使得就算火車移動了好一段路，你仍然沒有機會跑出躲藏地。就算你更狠，埋伏於前方更遠處，但當你想往上跳時，車速已經快到令你沒法攀上了。

也有人爲避條子耳目，躲在車軌旁的水塔上，等車臨近時，空降而下，心盼那些把眼光盯在平視線及車輪下的條子會忽略上方，但有時落下的聲響驚動了他們，狠惡的鐵路條子甚至舉槍射擊。描述民歌手伍迪・軋綏（Woody Guthrie）流浪及糾組工會的影片《奔向光榮》（Bound for Glory）中就有一個流浪漢正在慶幸跳上了車頂、甩脫了條子，狂叫歡呼，突然砰的一聲槍響，他竟沒了聲音。不用說，這節他剛跳上的貨廂，成了他的喪車。

有時貨廂全滿，即使沒有條子嚴查，有人也只能鑽到車底，在輪子與輪子間的一些橫桿上架放一塊木板，這木板叫「票」（ticket），人躺板上，這種搭車法，叫「買躺票」（on his ticket），這種乘客又叫「空中飛人」（trapeze artist）。這種人擱於車底橫桿之法，早年多人行之（因那時貨廂人滿爲患，由於擠得一步也不能移動達數小時至數十小時，有人屎尿只好任其拉在褲內），後來蒸汽引擎改爲柴油引擎（五十年代普及），車行增快，橫桿的鐵質也不如從前的厚沉，「買躺票」已近乎不可能，那種顚簸不是肉身之人受得了的。而人已在上頭了，想下又下不來，若是顚到嘔吐、顚到頭昏充血，情況更是不堪想像，至於顚成失去知覺，最後只有死路一途。

蒸汽車改爲柴油車，使車速劇增，固然使跳登車子更難；但即使在蒸汽車時代，因跳車而死傷的人數便已極衆。一八九九到一九〇二那三年間，賓州鐵路的警察主管報導，有二千人死於該線鐵路沿途，有五百人傷於肢體殘斷。而這數字僅是全國十八萬二千哩鐵路總里數中的二千哩上所發生的而已。

鐵路條子，是各鐵路公司雇用的威武強悍工人，並非公家警察；他們大多對遊蕩浪跡之人有其典型的好惡，也就是說，往往恨之入骨。雖然各地對抓得的流浪漢有不同的處罰，一般來說，南方最兇；被抓到，常成爲「鎖上腳鐐的苦工犯人」（chain gang）。有的地方則關二十天，只吃飯睡覺，不做工。也有的，很快就釋放。流浪漢很稱道「摩門教」徒所在的猶他州，因該地鐵路沿線的人比較和氣慷慨，以是稱那一路線爲「牛奶蜂蜜線」（Milk and Honey Route）。相較之下，南方很具敵意的路易西安那州，流浪漢給她起了個諢名叫窩囊安娜（Lousy Anna）。

浪途種種

流浪漢登上了貨廂（boxcar），便又是新的一段浪途展開。這時前段的冒險與擔驚告一段落，下一段的驚險與未知還沒來臨。此時正是擱下一切，隨著車輪牽動的韻律，一起一伏，逐而漸之，人的思慮也於是可以遊動起來。有時讓車門開著，正構成最好的銀幕，人可遙觀風景。也可只令它過目，視而不見。就這樣，望著或不望著，想著或不想著，只要車子續向前行，人在其上讓它載著移動，便即是流浪的主要內容。

而這主要內容的核心實質，說來可笑，竟然是睡覺。多數跳上貨廂後的流浪漢，在車行的搖搖蕩蕩中，終於漸漸睡去。也委實途程太長，人不可能一直向外看風景，致睡覺成爲最適宜之舉。亦是最公定之舉。就像當兵一樣，沒事便睡覺。有的不願在清醒中忍受車子的顛震，故意使自己喝醉，以讓自己在昏睡中避開這煎熬。前面說的多人死於鐵路沿線，其中就有因酒醉而翻落車外的。

當火車穿越高山區（hump）時，像落磯山脈之類的，往往有極長時間不停站，而氣溫陡降至極低，流浪漢所攜衣物有限，許多人便如此活活凍死。也有人猛灌烈酒禦寒，但不久就醉倒，隨之由酒激發的熱力也漸消失，而人還未醒，最後也凍死。曾經有流浪漢爲了給自己發熱，滿裝一瓶子的生辣椒，泡上水，一路上喝著嚼著，藉此讓自己不被凍僵。

必要裝備

假如問一個有經驗的hobo，上路時必須攜帶的配備是什麼，他會告訴你兩樣東西。一是水，一是硬紙板。

先說水。人一上了車，不知何時能停，若在夏天，有時渴到令人脫水。再就是當車子穿越沙漠時，人在大鐵盒似的貨廂裏，如同烤箱，因此水有時是救命用的。

硬紙板（cardboard），是流浪漢的床墊。因爲人在浪途，隨時可能睡覺，隨時需要躺倒。硬紙板到處找得到，將包裝用的紙盒拆開疊平便是，不只是在市場後門弄得到，叢林地面也有前人留下，空的貨廂裏也常有。硬紙板不只可以防震，也可以隔髒（貨廂內經年的油污、灰垢、泥屑、甚至人畜的糞便乾漬），並且你若乘的不是有頂有牆的貨廂，而是開頂的「敞殼」（gondola），或平板貨台（flatcar），此時你可用硬紙板隔擋不時襲來的風砂（經砂石區時）、飄來的微雪或暫雨（經高山區某段時）。

選車竅門

坐上一節對勁的車廂，關係著整趟旅途的舒適甚至安全。有經驗的流浪老手，會在上車前（若情況許可）先檢查車輪的式樣來知悉軸承的潤滑如何（老式軸承需賴不時的人爲上潤滑油，新式則自動潤滑），而由此來預見等會兒車行的平穩情形。通常有頂貨廂（boxcar）比開頂敞殼（gondola）要稍勝，而開頂敞殼又比平板貨台（flatcar）要可取。主要是「有遮」較「無擋」爲有利。貨廂的彈簧安得很緊，爲了承受貨物的重壓，於是空的貨廂比裝有貨物的貨廂要顛震得多。因此設法找兩節裝貨車廂中的一節空車廂是內行的選擇，因爲它的震盪被前後裝貨的沉重所降低。當然，要找得到才成。

不管你選到什麼車廂，遲早會遇到顛震的路段。在曲折不平的路段，有人說車輪在鐵軌上的時候還沒有它離開鐵軌的時候多。流浪漢們公認的最壞之旅是從猶他州的鹽湖（Salt Lake）到柯羅拉多州的丹佛（Denver）。當火車時速是七十哩或八十哩時，它能把你震離地面三呎；你既不能坐下，也不能躺下，能站著已算幸運了，還必須把膝蓋打彎，或者是蹲下，往往你必須採這種滑稽姿勢達好幾小時。

被封爲「流浪之王」（King of the Hoboes）的「炒鍋傑克」（Fry Pan Jack），流浪四

野超過半個世紀，他的珍貴選車建議是：

①勿乘運煤車。煤片會刮傷臉皮，煤屑會塡滿你的口鼻。

②勿乘運大木頭與大鐵管的車。它們不知何時會滾動，很多人死於此。

③別站在貨廂門旁。眞有人向火車扔石頭的。就算看風景，坐在裏廂看。

④最好帶一塊頂住車門的東西，像三角形的木頭楔子之類，可頂貨廂之門，以防被鎖閉在裏頭。走的時候，帶走。

⑤勿在貨廂內生火。因無法知道地板上是否遺有汽油或易燃物。

⑥若要在貨廂內睡覺，頭朝後、腳朝前。這樣，即使有緊急煞車，頭不會受猛撞。

⑦勿乘載運汽車的列車。這年頭有人跳上去偷電瓶、拆輪胎，所以條子最注意這種車。

不爲什麼，就爲流浪

說了這麼多的跳車之難、乘車之苦、浪途的辛酸與危險，人爲什麼還流浪呢？又爲什麼有那麼多的人還一逕在路上呢？有一個流傳在流浪漢當中的典型回答：「只要你有這麼一次自貨車裏向外撒尿，從此你就迷上它了。」試想你的尿在時速六十哩的車行中飄灑開去，遍及一哩之遙，是一種何等特殊的感官振奮。

而流浪也不全是苦的、險的，它也常有驚喜、美妙的一面。夏夜躺在敞殼車上，望著靜凝的明月，和風攜著四野的草香拂在你全身，耳朵裏聽著不明顯的蟲聲或樹葉聲或只是風聲，而背景音響始終是規律的輪軌磨擊之聲。初春季節在貨廂中橫望被車門打開後自然框出的寬銀幕後面的原野遼闊，綠草黃花，遠山積雪，牛羊低徊，教人心如止水。若僥倖躺在最後一節的平板車上，目送這整個世界離你遠去，直往後退，卻永遠退不完；而這光滑的鐵軌亦始終無斷無盡無休止，這又是何等的人生。

流浪國語

這就是流浪。「流浪之王」炒鍋傑克從一九二八年還只是個十多歲的孩子時便開始上路，六十年來，餐風宿露，仍不事停歇安頓。另一個老流浪漢叫雷諾黑炭（Reno Blackey），在八十三歲時，依然一年要出門流浪四個月。問他們爲什麼，答說不爲什麼，就是爲流浪（just for the hell of it）。

那些登車下車、奔遊四地、居停無定，卻又隨遇而安的流浪漢，整個美國「從加里福尼亞到紐約島岬」對他們而言，「這一片土地是你的土地」（套伍迪・軋綏歌詞的說法）。他們到處爲家，卻沒有一處眞是他的家。他沒法給人他的地址。他所存活的國度，是爲「流浪國」（Hobo Land）。

流浪國裏有其自設的章法規矩。語言是其中很重要的一部分。他們說的是他們的「行話」；說：「我還是一個gay-cat（剛上路的嫩腳仔）時，我的一個jocker（師傅，前輩），他的monika（萬兒）叫Denver Red（丹佛紅皮），是一個mushfakir（走方修傘的）。有一回他跳下side-door Pullman（貨廂，乃因諷稱是『由邊旁開門的豪華客車』），進入main stem（鎮上主街），準備throw his feet（抛腳，即乞討），因爲這鎮上沒有Sally（救世軍Salvation Army之諢稱）；不想遇上一個jackroller（幹老越的，即小偷），而丹佛紅皮既然也是在外跑跑的stiff（光棍），便掏出equalizer（擺平事端之器——指小刀），把他捅了。」

他們稱惡犬叫bone polisher（打磨骨頭的）。

稱教會收容所裏的佈道叫angel food（天使大餐）。

稱菸屁股叫snipe。

稱睡覺叫kip，叫flop（妥條），也叫「捶耳」（pound the ear）。

甚至他們把耶穌的稱呼也黑話化，不叫Jesus Christ，他們叫Jerusalem Slim（耶路撒冷瘦竿兒）。

別號研究

起別號、立萬兒，也是流浪國裏的特色。人在江湖，自然原來安居世界的名字不妨換掉，一來原本讀書就業所用名字不便再提（不管是羞於門風或是礙於官查），二來新的別號更有「風塵味」，更別說那些別號叫喚起來的那份調調。另外，很重要的是，別號大多是同道幫你起的。

流浪漢相遇，幾句閒聊，有的接著問你府上，再察你形貌，隨即便迸出個名兒，派在你頭上。像Denver Red便可能是如此成號的。通常這是流浪漢在他年輕時開始上路的得名情形。當然人也會先請教你姓名，你回說Jack London，人家知你做過水手，於是給你Sailor Jack之號。至於問起職業，答說修水管，於是有Chi Plumber之號。Chi一字，當然是「芝加哥」一字的道上稱呼。個性特殊的，同道自會不放過這份特性而來命名，像Leary Joe這名字就是因為他膽子小，人家給他起的。

許多人叫Red（紅皮），像Denver Red、Iowa Red、Omaha Red、Painte Red等，大概是常年浪跡室外，曝曬過多，致皮膚通紅；另外還可能食物不得平衡調攝，臟腑蘊火，上浮於面，成為兩頰泛紅；再就是太多流浪漢酗酒，只要搞得到酒，有時甚至只能弄到藥用酒精、油漆稀釋劑、刮鬍完抹的lotion，他全喝，始終面紅耳赤。

許多人叫Slim（瘦竿兒），像Oakland Slim、New Orleans Slim、Pasco Slim、Pacific Slim等，主要也是餐風宿露，有一頓沒一頓的，再加上攀車跳車及許多勞力苦工，使得早年身材比較瘦的流浪漢也多，不同於今日城市中所見安逸的美國人以稍胖者為多。由於太多人叫Slim，流浪漢索性把看來不胖的耶穌也安上此號。

地名、地方是他們的全部

全美國的地名，流浪漢們耳熟能詳；小村小鎮，他們無遠弗屆。美國地名是他們字典中的主要構成。他們一下說俄亥俄州的Lima，一下又說密西根州Kalamazoo；這一會兒說Omaha，下一會兒又說Spokane；一下說Tulsa，一下又講Buffalo，無法勝數。這些地方有的你去過，有的聽過，但對流浪漢來說，那裏的火車站旁不遠的叢林是他曾經待過的家。或受過凍或挨過餓，或痛快的睡過一天一夜以便再有氣力上路的老窩。聽他們遨遊飛翔的講地名，從華盛頓州的Wishram，到蒙塔拿州的Paradise，到明尼蘇達州的Boone Island，再到愛荷華州Council Bluffs，突然又到了加州的Oroville，再突然又到懷俄明州的Laramie，眞是無處不到，令人嚮往不已，恨不得當下跳上一節貨車，就此五湖四海任意飄泊，不為別的，就為了這些地名的向你召喚。

鐵路的誘惑

當然，他們還談火車。一下講「聯合太平洋」（Union Pacific），一下講「瓦巴許砲彈號」（Wabash Cannonball）；講C&A（Chicago and Alton）、講S.P.（Southern Pacific）、講Sunshine Special、Panama Limited、Rock Island Line、Yellow Dog等，這些鐵路名稱，出自他們口裏，全像是遊樂的玩具，而由它們貫串而成的整個美國，像是流浪漢們所可巡遊的大狄斯奈樂園。

自南北戰爭結束，許多人歸家或歸家後再離家（已無家、無親、無業），用的都是火車，從此慢慢發展出「火車上路」的行動方式與求生技巧。十九世紀末期，已有近二十萬哩長的鐵路網貫通全美。火車汽笛聲不僅呼喚出向外移徙的可能性，也激發人們對浪漫與傳奇的憧憬。

早先的鐵路人員，愛將自己想成是駕駛「鐵馬」（iron horse）的人，以此自傲。他們的典型動作是從上衣口袋中掏出鐵路公司制式的懷錶，以掐準開車及到站時刻。當然，這掏錶動作早已是逝去的儀式。

柴油引擎在四十年代末期被引進，到了五十年代中期，傳統的蒸汽機引擎幾乎完全被取代。從此，不但汽笛的聲音再也聽不到從前的那種眞實悅耳的轟隆聲，也再看不到揮汗鏟煤、一鏟一鏟往鍋爐裏送的景象了。

昔日光輝不再

火車的高度機械化，受影響最大的，是傳統的流浪方式。輪子變高了，跳登其上便更難。貨廂更少了，車種最後都似要變成較經濟的「豬背」（piggyback——運汽車的那種）。照炒鍋傑克這流浪王的說法，如今火車行駛二百五十哩，中間不停；老日子裏火車約每二十五哩會停上一下，停在水塔邊或煤坡旁以資補給。又以往一列車只掛七十五節，現在掛了二百節或二百五十節（就像老藍調歌曲常唱的：The longest train that I ever did ride is a hundred coaches long………），有時你頭尾都見不著。

拖掛的車廂多了，當然車次就少了。小段運途也不做了，儘可讓公路代勞。

叢林今昔

流浪漢們「吐春典」（講黑話）、談地名、提論火車，最習常的地點，是叢林。

叢林是各方好漢不約而同的公定聚集地，是有著大鍋燉湯（Mulligan Stew）的飯廳，是交換旅程信息、打聽跑埠混飯行情的茶館，也是勞累、困頓、流離顛沛之後最佳的臥房。

有了叢林，那連續三幾日困拘在浪途貨廂中的冷、餓、寂寞、轉跳換車等艱辛，至此總算值得。進得叢林，看見人群，倚著營火，即使是一鍋糊爛雜菜大湯，正所謂「臭魚爛蝦，送飯的冤家」，亦吃得津津有味。而才從遠方剛落地，那一身僕僕的風塵，更合了窮困階級所說的「三日不洗臉，必定有肉吃」。

老日子裏的叢林，通常很有模樣；乾曠的大片空地，是主要活動空間（很多叢林當年可容納上百人）。空地邊有小林子，流浪漢用電線或繩子牽在樹上，是爲晾衣竿。有的樹上釘上一面汽車上拆來的後視鏡，讓人刮鬍子用。最讓人印象深刻的，是鍋子、杓子、鋁盤、錫杯全部用完後倒掛在樹枝上，令剩水淌掉，保持乾潔，供下一批來人使用。這是早年流浪國裏大夥約定俗成的公德。每天不同方向的人來到此地，有時可以看到全國好幾個地方的報紙。當然至於「消息」，流浪漢最關心的，仍舊是哪條路好走，哪個城比較抓得不兇，哪裏現在要人摘莓子、伐木材、或修水庫之類。

有的叢林若臨近小溪，流浪漢索性把多日來的塵土長鬚在此弄淨。其中有一樣，也是他們必除之而後快的，虱子。老話頭說的「人貧雙月少，衣破半風多」，對流浪漢完全適用。火車貨廂是虱子多年積聚之地，牠們也惟有遇上流浪漢，才得跑到外頭去流浪。有人放一塊洗尿缸的肥皂在屁股口袋裏，藉以驅虱，或許是因爲它的化學藥味之效。曾經有一個流浪漢在南達科打州看見一件令他平生大開眼界之事：他在密蘇里河邊見到一個印第安人光著身子從小林子裏走出，而那時是冷天。走近一看，原來印第安人將所有脫下的衣服放在一處螞蟻堆上，全是大隻紅螞蟻，爬滿了衣服，在抓虱子，一隻一隻，殺得一乾二淨。

這一類軼聞，只有在叢林中聽得到。且再說一個笑話。有一個人在波特蘭去一血庫（blood bank）賣血，護士抽了他少量的血先去檢驗，驗完出來和他說：「先生，對不起，這裏面的鐵不夠。」要知道流浪漢中不乏有些老粗調調的，他說：「喂，你們這兒到底做的是什麼生意？是血庫，還是廢鐵場？」

每個流浪漢都知道好些個散佈全國各地的叢林，不管是親身去過或道聽塗聞。像蒙塔拿州的哈維（Havre），曾經是西部最大的營地之一，在農穫的月份裡，常有二百個流浪漢在「奶河」（Milk River）邊的叢林中露宿。當然，現在一次能見著三五個人已經不錯了。華盛頓州的史波坎（Spokane）及委納其（Wenatchee）亦是大營地。後者尤以蘋果摘收期間，到處可見流浪漢。加州的史托克頓（Stockton，老華僑稱爲「三埠」，排名在大埠舊金山、二埠聖克里門多之後），良田萬頃、水渠密佈，亦曾吸引外地流浪漢無數。另外像奧勒崗州的克拉馬斯瀑布（Klamath Falls），可算是流浪漢的「度假勝地」，他們喚它凱蒂（Katy）。夏天，極多流浪漢聚此享受大自然綠意，在河中釣魚。也有人在此淘金，拿著鐵盤不斷濾抖，一天十小時，一周七天，如此一年可賺五千元。是件苦差事，但名義好聽。

如今的叢林，一來爲數不多，二來也景況暗淡、乏人問津。由於沒有人絡繹不絕的「照顧」它，便有附近的無聊少年不時至此破壞、練槍打靶，搞成一塊荒墟。除了流浪漢本身已沒落這一個原因之外，教會收容所及救濟金亦是使叢林文化消逝的一大原因。早年許多跳車上路的好漢，如今只消在都市裏乾領救濟金就成了。或是每個月流浪個二十多天，看看時間到了，再回到城裏領救濟金。還有就是每一個城停一下，進教會收容所（mission），讓它管吃管住幾天，然後再上路，到了另一個城又依樣畫葫蘆，只要忍得住強迫聽道便成。凡此種種，使得流浪國的黃金歲月完全不存在了。

行中的競戲

在黃金時期，流浪漢不只是幾十萬人出外覓工熬飯的「現實」營求，它也有其遊藝上的比高競技之運動精神。一個流浪漢在貨車站附近遇見另一個流浪漢，說：「Which way, 'bo?」（上哪兒，老哥？）算是道問候。「Bound west.」（往西。）算是回答。就這麼簡單。他們沒什麼你好啊、再見啊這類繁文縟節。

在漫長的東西橫貫鐵路跳車裏，流浪漢們發展出「比快」的遊戲。這遊戲是你自己的興趣，並沒有主持人，也沒有獎賞。小說家傑克·倫敦（Jack London, 1876-1916）在十九世紀末的大蕭條時期，有一回與另一流浪漢比快。

傑克·倫敦在各地水塔上常見一個叫「三桅帆傑克」（Skysail Jack）的流浪漢刻有他的「到此一遊」的行蹤，總是來去如風。傑克·倫敦自己的萬兒是「水手傑克」（Sailor Jack）。他只見其人留名留行蹤，卻從不見此人眞面目，不禁納悶。於是他決定同他比快。倫敦是在加拿大蒙特婁（Montreal）的水塔上見到「三桅帆傑克」刻下「B.W.9-15-94」（意乃「向西。一八九四年九月十五日」）。倫敦看到刻言時，已是次日，他隨即刻下自己的日期與萬兒，也跳車西行。八天後，在渥太華以西三百哩之處某水塔，又見刻言，而這次「三桅帆」超前「水手」二天。「水手」自命是一「流浪王」（tramp-royal），他知「三桅帆」也是，爲了榮耀、名聲，心想非得趕上不可。於是日夜兼程。一段路後，他趕過了他。又一段路後，他又趕過了他。一忽兒「水手」在前，一忽兒又「三桅帆」領先。從沿路的其他東行的流浪漢中得知「三桅帆」有問及自己，這使得倫敦很欣慰。他甚至有一念頭，或許兩人應該會面一聚，英雄相惜嘛。在曼尼拖巴省（Manitoba）一段，「水手」一直領先；到了阿爾伯塔省（Alberta），卻是「三桅帆」超前。車行進入英屬哥倫比亞省（British Columbia），沿著弗瑞瑟河（Fraser River），「水手」仍超前「三桅帆」，但到了溫哥華以東四十哩處的迷醒（Mission）鎮時，卻是「三桅帆」先留下了蹤跡。由於迷醒鎮是鐵路的交點，向南有北方太平洋鐵路（Northern Pacific）開往美國的華盛頓州、奧勒崗州，向西則是原線可直抵溫哥華（Vancouver），「水手」不知「三桅帆」會走哪條路，但不管怎麼，「水手」仍決定一逕向西而行，不久，抵達溫哥華。一下車，直奔水塔，想去留下名字日期，然水塔上赫然新刻有「三桅帆」的同一日的訊息。「三桅帆」已經登船出海了。傑克．倫敦在書中說：「千眞萬確，『三桅帆傑克』，你是流浪之王………我向你脫下我的帽子，你才是『一等一』（blowed-in-the -glass），沒錯。」

傑克．倫敦當時只有十八歲，充滿了好奇與熱血，是他的全盛期，也是流浪文化的全盛期，且看他在《大路》一書中寫的：「我躺下來，以一張報紙做枕頭。高高在我上方的，是眨眼的星星，而當火車彎曲而行，這些星群便像在上上下下的畫著弧形；望著它們，我睡著了。這天過去了——我生命中所有天裏的一天。明天又會是另外一天，而我依然年輕。」

（刊一九八九年十月十六至二十一日聯合報「繽紛」版）

舒國治作品 01

流浪集——也及走路、喝茶與睡覺
舒國治／著

責任編輯：韓秀玫
美術編輯：何萍萍
法律顧問：董安丹律師、顧慕堯律師
出版者：大塊文化出版股份有限公司
台北市105022南京東路四段25號11樓
讀者服務專線：0800-006689
TEL：（02）87123898　FAX：（02）87123897
郵撥帳號：18955675
戶名：大塊文化出版股份有限公司
e-mail：locus@locuspublishing.com
www.locuspublishing.com
行政院新聞局局版北市業字第706號

總經銷：大和書報圖書股份有限公司
地址：新北市新莊區五工五路2號
TEL：（02）8990-2588（代表號）
FAX：（02）2290-1658
初版一刷：2006年10月
初版十六刷：2022年7月

定價：新台幣250元
ISBN 978-986-7059-55-0
Printed in Taiwan

10550 台北市南京東路四段25號11樓

廣 告 回 信
台灣北區郵政管理局登記證
北台字第10227號

大塊文化出版股份有限公司　收

地址：□□□□□ ＿＿＿＿＿市／縣＿＿＿＿＿鄉／鎮／市／區

＿＿＿＿＿＿＿路／街＿＿＿段＿＿＿巷＿＿＿弄＿＿＿號＿＿＿樓

請沿虛線撕下後對折裝訂寄回，謝謝！

大塊文化 LOCUS

編號：SZ01　書名：流浪集

大塊 LOCUS 文化 **讀者服務卡**

謝謝您購買本書！

如果您願意收到大塊最新書訊及特惠電子報：

— 請直接上大塊網站 **locus**publishing.com 加入會員，免去郵寄的麻煩！

— 如果您不方便上網，請填寫下表，亦可不定期收到大塊書訊及特價優惠！
  請郵寄或傳真 +886-2-2545-3927。

— 如果您已是大塊會員，除了變更會員資料外，即不需回函。

— 讀者服務專線：0800-322220；email: locus@locuspublishing.com

姓名：＿＿＿＿＿＿＿＿＿＿＿＿ **性別**：□男 □女

出生日期：＿＿＿年＿＿＿月＿＿＿日 **聯絡電話**：＿＿＿＿＿＿＿＿

E-mail：＿＿＿＿＿＿＿＿＿＿＿＿＿＿＿＿＿＿＿＿＿＿

從何處得知本書：1.□書店 2.□網路 3.□大塊電子報 4.□報紙 5.□雜誌
6.□電視 7.□他人推薦 8.□廣播 9.□其他

您對本書的評價：

(請填代號 1.非常滿意 2.滿意 3.普通 4.不滿意 5.非常不滿意)

書名＿＿＿ 內容＿＿＿ 封面設計＿＿＿ 版面編排＿＿＿ 紙張質感＿＿＿

對我們的建議：＿＿＿＿＿＿＿＿＿＿＿＿＿＿＿＿＿＿＿＿